こちら冒険者ギルド別館、落とされモノ課でございます。

猫田 蘭

Characters introduction
秋野満月
ユリウス・クァトゥナ
シルヴァリエ・デリクス
エリス
相川美沙
ルークレスト
デリチェの王子

Contents

冒険者《こちら》ギルド別館、落とされモノ課でございます。

プロローグ
こちら冒険者ギルド別館、
落とされモノ課でございます。

本日最初のお仕事は、クレーム対応だった。

いやまぁ、出勤してきた時点でなんとなくそんな気はしてたけどな！

なにせ、お客様用入口の前で、真っ赤な色したスライムが何やらぐにゃぐにゃしながら気合入れてるの見ちゃったもんで。

朝八時のことだぜ？　カウンター開くのは十時だっつーに。どんだけ怒り狂ってんだよ、と。

でもって、現在時刻十時三分。

　　ぷにぷに！

「う〜ん、それは酷《ひど》い目に遭いましたねぇ」

モンスター種族のお客様の多くは、発声器官の構造が特殊なので人間の私には何を言っているのか聞き取ることすら出来ない。

よって、メインで対応するのは先輩のシバさんである。私の役目はあくまでも非常時のサポート。（という名目の傍観《ぼうかん》）

シバさんはコボルトというモンスター種族で、擬人化した犬のような姿をしている。

名前をシルヴァリエなんちゃらさんというのだが、私は親しみを込めてシバさん、と呼んでいる。けっして柴犬のぬいぐるみっぽいからではない。……しかし、よう似とるなぁ。

ミルクティー色の毛並みでもふもふしててころころしてて！

とにかくすっごくかわいいのだが、こう見えて五十代妻子持ち。立派なおじさんである。

にゅるる、にょろ〜ん

「それがですねぇ、すぐにというわけにはいかないんですよぅ……。とりあえず確認して双方の代理人を立てて、改めてっていう規則なんですぅ」

うにゅるにゅるる！　にゅるるるる！

シバさんは困り切って、耳をへにょんと垂らし、助けを求めるようにこちらを見上げた。いやいや、私に言われても。クレームの内容すらわからんのに。

「うぅっ、ボクに言われてもぉ」

だがまぁ、予想はつく。どうせいつものアレだろ？　斡旋《あっせん》された仕事内容が聞いていた話とほんのちょこっとだけ違ったとかなんとか、そんなことだろうて。もうこのパターン飽きた〜。

だいたいさぁ、スライムに仕事させること自体無理があると思わんかね？

スライムってのはふつー、仕事という概念を理解できない、多分思考すらしないイキモノのはずでしょ？　大抵の個体はぽけーっと草むらに転がってて、適当に虫とか草とか土とかもぐもぐ食べてさ。たまに好事家《こうずか》に拾われて瓶で飼育されてみたりさ。

基本的に、いっちょまえに冒険者登録してお仕事して報酬もらおうなんて考えないイキモノだよね。

そういう相手に仕事あてがえって言われてもなぁ……。いっくらこの「ジェレミーナ」が「落とされモノ」だから特別なんだっつったって、なぁ……。

「落とされモノ」。

それはある時、唐突《とうとつ》に、今まで住んでいた世界から「落とされ」てこの世界にやって来たかわいそうなモノたちの総称である。生き物に限らず、無機物、意思を持たぬ個体なんかも全て含む。「物」でも、「者」でもなく、「モノ」なのである。

彼らの多くは、本来の居場所を失った代償《だいしょう》に何らかの恩恵《おんけい》を受けている。いわゆる特殊能力ってやつ？　流行りの呼び方ではチートというらしい。一部の研究者が「落とされモノは勇者のなりそこないである」と主張する理由はコレだ。

んで、このジェレミーナＸＸＸ世さんには、【固有：知能向上（世代単位）】というチート能力が備わっている。ＸＸＸ世というからには、もちろん彼は三十世代目なのだ。

ジェレミーナ一族の初代、ジェレミーナI世さんがこの世界に落とされたのは六十年ほど前のこと。彼は当時、スライムとしては画期的な「他者の言語を理解する程度の知能」を授かっていた。人によく懐くスライムということで、とってもかわいがられた（というか、今もどこかでかわいがられている）らしい。

そんなI世さんがある日分裂したことでこの世に生を受けたII世さんは、なんとビックリ！　簡単な文字を覚え、飼い主とより明確なコミュニケーションをとることに成功したという。

それから分裂して世代を重ねるごとに賢くなり、現在一番若くて賢いはずのこのＸＸＸ世さんは、飼い主に対して「被雇用者の権利」を主張して、目下係争《けいそう》中……。

戦闘行為等で得られた利益（ほとんど何の役にもたってないくせに！）の配分の割合について、なかなか合意に達することができずに、もう何年も泥沼のような裁判を繰り広げている。

この噂は瞬く間に世界中に広がって、ＸＸＸ世さんは今や悪名高きスライムと成り果てたのである。当然新たな飼い主など見つかるわけもなく。

それならそれで開き直って野良スライムになって適当にそのへんの草でも喰い散らかして生きてくればいいものを、彼はなんと現金収入を欲したのだ。お洒落したいから！

十四代目あたりが「着道楽《きどうらく》」を学習した影響で、ジェレミーナシリーズは皆なかなかの衣装もちなんだとさ。けっ、知るかっ。

で、まぁ、彼らの【固有：知能向上（世代単位）】に並々ならぬ関心を抱いている（過大評価だと思うんだけどなぁ）ギルド上層部が、我々下っ端に命じたわけだ。「ジェレミーナに適当な（適切な、ではないところがポイント）仕事を供給するように」と。

はっきり言って、彼に斡旋できる仕事なんてゴミ処理とか除草くらいしかないんだけどな。

だって、チートっつったって別に強いわけじゃないし。むしろ戦闘能力的にはザコもザコ、事務職の私にさえ倒せちゃう相手だし？

しかも、彼は大変やかまし……こほん、めんど……げふげふ、細かいのである。そんでもって融通《ゆうずう》が利かない。

木工所でおがくずの処理をお願いすれば、細かい埃が混じってた、水増しだろうってんでクレーム。あるお屋敷の草むしりをお願いすれば、今度は虫が多すぎて草だけを選別して処理するのは大変だった、報酬をあげろとクレーム。

てめぇ、埃だろうが虫だろうが、なんでもかんでも取り込んで溶かしちまえる身体だろうが！　っつーか、それももちろん「込み」だよ、解れよ！

まぁ、賢くなったっていっても元がスライムだからなぁ。スライム的にはすっごく賢くても、まだまだ発展途上ってことなんだろうなぁ。

上層部が期待するレベルまで、あとどのくらい掛かるんだろう。いい加減諦めて、討伐《とうばつ》許可出してくれないかな……。

ぷにいいいいいい！　でろ〜ん！

「あうぅ、ですから規則で……。うえぇ、食べないでぇっ」

今にも、もういっそお前ら喰っちまうぞ、と言わんばかりに広がるＸＸＸ世さんと、しがみついてくるシバさん。

いつものことなんだし、そんな怯えんでも。所詮単細胞生物。行動もワンパターンなのだ。

「あ、あのあのあのっ、今回は本当に、ジェレミーナさんにとっては想定外だったでしょうし、お気の毒でしたぁ。もう二度とこんなことが起きないように気を付けますからぁ……」

にるる……、にるっ
「は、はい。もちろん。クレーム扱いだなんてそんなっ。今後のサービス向上のためのアドバイスとして真摯《しんし》に受け止めてますぅ」

これがクレーム以外のなんだと言うのか。

「ほんとにほんとに、すみませんでしたぁ」

えぐえぐ、と半泣きになりながらシバさんが頭を下げた。

こちらが悪くなくても謝ることができるようになったら一人前ですよ、という上司の言葉を思い出しつつ、私も神妙な顔をして隣で頭を下げる。こういう相手には負けるが勝ち、負けるが勝ち……！

（あなたの頭の悪さ加減を見くびっていて）すみません。（全知全能じゃなくて）申し訳ありません。

ぴるるる、ぷるん
ジェレミーナは何やら満足げに身体を震わせると、うじゅるうじゅると出口へ向かいはじめた。

あ、終わったかな？　終わったよね、ねっ？

しかし、まだ頭を上げてはいけない。なぜなら後ろ姿が見えなくなるまで頭を下げ続けるのが受付嬢の様式美《ようしきび》だから。（と、私は思うんだ！）

りりぃぃん……りりぃぃん
自動ドアが開閉する音（にしてはなんか、しっくりこないんだけど。上司的には「結界を誰かが越える音」と似ているらしい）が聞こえてから三十秒。私たちは同時に椅子に座り込んでため息をついた。

「ジェレさん用の依頼書には、もっと工夫が必要ですねぇ」

シバさんが机に突っ伏して呻《うめ》く。

「めんどくさいですねぇ」

「なんて書いたらいいのかな。指定された範囲にある、処分されたら困りそうなものを除く全ての撤去《てつきょ》、じゃダメかなぁ」

「処分されたら困るかどうか、の判断が正しくつく脳みそがあるならいいんじゃないですか？　でもほんと、なんとかしなきゃですね」

午前中は比較的暇とはいえ、依頼のたびにああやってクレームつけに来られたのではこちらの神経がもたない。

私はいつも、暇であるはずの午前中に書類の整理等の雑用をすませてしまうことにしているというのに、貴重な時間を潰されてしまって非常に迷惑だ。残業代なんか出ないのに！

「それで、今日はなんだったんですか？」

「古着の処分のお仕事だったんですけど、そのおうちのお子さんがかくれんぼ中で、よりによって古着の山に隠れてたみたいなんですよぅ」

「ふむふむ」

「ジェレさんは、そのお子さんが着ている服も処分対象なんだと思ったそうで……。追いかけまわしちゃって……」

「あー、それで、退治されそうになったんですね？」

「ですぅ」

なんつーか、うん。子供の心にも深ぁい傷を負わせたと思うし、相討ちってことでよくない？

いっそ退治されちゃってくれてればなぁ、事故ってことで処理できたのに、と、職員としてはあるまじきことを考えながらやっとこさ書類整理に入ろうとしたところで、狙いすましたように館内放送のチャイムが鳴った。

　ぴ～んぽ～んぱ～んぽ～ん。

ドミソド、の音の後、聞き慣れた機械音声が呼びだしたのは、なんと私。

『ミズキさん、ミズキさん。至急、チュートリアルルームに来てください』

チュートリアルルームに突然呼びだされる。それが意味するところはただ一つ。

……あーぁ、「来ちゃった」のね。

◇◆◇◆◇

チュートリアルルームというのは、ギルド別館の真下にあるダンジョン最奥の部屋の通称である。

出入室も厳しく管理されていて、自動警備システムでガッチガチに固められている。

ダンジョンに入るには生体認証形式の厳重な隠し扉を通らねばならず、入ったら入ったで内部構造は完全に迷路。しかも平面じゃなくて、上に下にぐるぐるぐるぐる、栄螺《さざえ》堂《どう》みたいな構造になっている。

あげく、間違った通路に入り込んで一定時間たつと自動警備システムによって問答無用で捕縛《ほばく》されるってゆーね。

一回デモンストレーション見せてもらったけどすっげー怖いの。壁が突然「にゅる」って波打ったかと思うと次の瞬間コード状になって、それが侵入者役の人に上下左右から襲い掛かるの。トラウマになるわ！

要所要所でボディーチェックもあるしさぁ。めんどくさいったら。

どうしてこんなに警戒されているかというと実はここ、この世界の、ある意味「中心」なのである。

ギルド別館の前身は、この地下ダンジョンの保護、占有、研究を目的に造られた要塞だったそうな。紆余《うよ》曲折《きょくせつ》を経て今のように一般事務もやる一見普通の建物になったけど、元々の性質が性質なだけに地下はすごく、こう……軍事基地っぽいわけです。まぁ、冒険者ギルド自体すっっっごく軍事組織っぽいんだけどな！

「失礼しまーす」

「遅いですよ」

最後のボディーチェックを終えて部屋に入った途端、眉間《みけん》に皺を寄せた上司が苛立ちを隠そうともせずにこちらをギロリと睨《にら》みつけた。

我が敬愛《けいあい》する上司のユリウスさん。種族はエルフ、性別は男性である。

エルフというと一般的に「美形」というお約束があるわけだが、彼もその法則に違《たが》わず非常に整った顔立ちをしている。

ただし、「白皙《はくせき》の」とか「人形のような」とか「氷の」とか、そういう形容詞が付くタイプね。要は色素薄くって表情変わんなくて酷薄《こくはく》そうな美青年ってこと。

アメジスト色の瞳。つやつやきらきらのなが～い銀髪。一見華奢《きゃしゃ》そうな身体つき。

ファンクラブ（非公認）の会報の一文を借りるなら、「神秘の森の奥に眠る水晶の泉のようなお方《かた》」らしい。まぁな、ゆったりしたローブでも着て儚げに微笑んでりゃぁそう見えるかもしれんがな！

実物は、そんなかわいい癒し系とは真逆だからね？

神経質だし、いつもピリピリしてるし、義務でもないのに普段からギルド制服着ちゃってるし。ついでに右目の魔力制御用片眼鏡。これがまた堅物っぽい雰囲気に拍車《はくしゃ》を掛けている。

ところが美形補正とは不思議なもので、このストイックさがかえって色っぽく見えたりするものなんだ。いいよなぁ、得だよなぁ、美形。

案外バカ力だしナイフの扱いもうまいし、何より底なしの魔力でぶっぱなす攻撃魔法は山をも切り崩す凶暴さなのに。年齢だって二百歳超えてるのに。

美形ってだけでどんなことでも全部プラス評価されるんだから、ずるいよなぁ。

「すみません、以後気を付けます」

本当言うと、私は急いでここまでやって来た。走れるところは走ったし、そもそも放送で私の名前が聞こえた時点で立ち上がってさえいた。

だがしかし、この最っ高にピリピリしている上司に盾突くなんて、恐ろしくてとてもとても。

そんな危険冒《おか》すくらいならおとなしく叱られておきたい。負け犬根性丸出しと言われてもいい！

ユリウスさんは私からモニターへ視線を戻し、難しい顔でため息を一つ吐《つ》いた。

「先程反応がありました。『落とされモノ』は人間種族、女性です」

うん、それは何となく予想できてました。基本、呼ばれるのは「落とされモノ」と同種族の職員だもんね。

「あなたが『落ちて来た』時の恰好によく似ています。同郷の方じゃないですか?」

……それは、ちょっと想定外だったかなぁ。

EXTRA　1

少女は混乱していた。

なにせ、つい先ほどまで歩いていたアスファルトの道が突然消えたかと思うと、次の瞬間にはうっそうと茂る森の中にいたのである。大抵の人間は、混乱する。

というわけで、彼女は眼を見開いて、前を見て、後ろを見て、左右を見回して、途方に暮れて天を仰いだ。空さえよく見えないほど、森は深いようだった。

緑、緑、緑。

しかも、なんだか嫌な緑だ。子供の頃に読んだ本に出てきた、人を食べる怪物がこんな色をしていた。アレは、怖かった。読んだ日は眠れなかったし、今でもトラウマになっている。

かいぶつの、おなかのなかにいるみたい。

彼女はぎゅっ、と自分の身体を抱きしめた。心細さに膝が震える。

とはいえ、この状況には心当たりがあった。

「これってもしかして、異世界トリップってやつじゃない？　え、マジで？　どうしよう」

異世界トリップ。漫画、小説、アニメ、ゲームでちょくちょく見かける設定だ。

勉強が嫌になったとき、親と喧嘩したとき、学校に行きたくなくなったとき。そんなとき、彼女は想像したものだ。

異世界に飛ばされて、なんかすごい力をもらって、いつの間にかカッコイイ男の人たちに囲まれてチヤホヤされて、それでもって最終的には世界を救う自分。

たまにピンチに陥っても必ず誰かが駆け付けてくれて、そのときのあれやこれやでなぜか好感度があがっちゃったりして。自分が手を下さなくても悪役がどんどん自滅するのもオヤクソクだ。

そういう生活って、きっと楽しいだろうな、あぁこんなところから逃げ出して、そんな世界に行きたいな、と思ったことも、一度や二度どころではなく、あった。

だがしかし、今は困る。困るのだ。

だって今夜の夕食はあたしの好きなチーズハンバーグだってお母さんが言ってたし、お気に入りのドラマも続きが気になってるし、友達から二年間借りっぱなしの漫画をいい加減返してって怒られたばかりだしそれにそれに！

「ヤバいよぉ……。『呪ってやるノート』も置いてきちゃったし」

パソコンにはあらゆるパスワードを記憶させたままなので、妄想と夢にあふれたブログなんかも見つかってしまうに違いない。

せめて、せめてそういうものを処分する時間がほしかった！

今ならわかる。異世界トリップというのは、大切なものがある人間の身に起こっていいような事件ではない。気になることがありすぎてファンタジーに集中できない！

「あぁもう、誰かなんとかしてーっ！」

空を見上げて叫んだ途端、眩暈がして。

瞬きしたら、青白い光の中に立っていた。

先ほどまで森を歩いていたはずなのに、どうやら今度はどこかの部屋の中にいるらしい。だって、天井がある。

前方からガタガタっ、と音がした。

音の方に目をやれば、見知らぬ女性がカウンターに手をついて立ち上がり、こちらを凝視している。

自分より少し年上？　大学生くらいだろうか。確かに「キレーなおねーさん」の部類ではあるが、異世界モノにでてくる絶世の美女と呼ぶには、なんか色々足りない。非常に残念である。

お洒落な雑貨屋さんやお高めのカフェにいそうな女性だ。

きちんと手入れされたセミロングの髪。いかにも女性らしい、上品な顔立ち。一つ一つのパーツがはっきりしていて、あまりお化粧はいらなそうだ。うらやましい。

賢そうな目をしていて、なんとなくクラスの優等生を思い出した。そう、学校の先生やご近所の大人に好かれる感じ。「彼女を見習いなさい」という対象にされるタイプだと思う。

服装はファンタジー風なのに、日本人っぽい見た目なのも気になった。つまり、黒目黒髪やら肌の色やらが珍しいとちやほやされるルートはナシってことだ。

物語におけるこういう「出迎え」シーンは、もっと。

もっとこう、光とか闇とかに満ちた不思議な空間で、神様的存在が「ごめんなさい、手違いで～～」

とかなんとか説明してくれて、謝罪ついでにすごい力を授けてくれるものではないのか。

あるいは、前フリとして声が聞こえていて、とりあえず夢の中にその声の主が現れるとか。

それなのに、おねーさんがカウンターでびっくりしてるだけとか、なんか手抜きっぽい。そりゃ、いかにも「カタギじゃないぞ」って感じの汚いおじさんたちに囲まれてた、という状況よりはずっとずっとありがたいけれど。

……ん？　カウンター？

少女は再び、前を見て、後ろを見て、左右を見回して、途方に暮れて天を仰いだ。

縦長の部屋のようだ。教室と同じくらいの広さだろうか。窓は一つもない。光源は自分の足元（魔方陣っぽいな、とあたりを付けた）の青白い光のみ。

前方のカウンターによって部屋は完全に仕切られていて、その様子はまるでこちらを逃がさないためのバリケードに見えた。

女性の真後ろに、ドアが一つだけある。

逃げるとしたらあそこからかぁ、と少女はこっそり唸った。

第一章

勇者と魔王と用心棒

チュートリアルルームは地下ダンジョンの一室であるからして当然窓がない。

部屋の真ん中に青白い燐光《りんこう》を放つ魔方陣があって、その手前にソファーが一つ。

このソファーはもちろん、魔方陣から出て来る「お客様」用である。

この部屋唯一の扉を塞ぐように、無駄に重厚《じゅうこう》なカウンターが設置されていて、私たち職員はこの扉をお客様が勝手に突破しないように守ることも義務付けられている。

といっても、強硬手段で突破されそうになったら非力な私の手には負えないんだけどね！

その時は多分、ここの自動警備システムの制御コンピュータを兼ねるエリスさんに頼り切りになると思う。

エリスさんというのは、古参の「落とされモノ」の、ロボットである。さっき館内放送で私を呼んだのは、このエリスさんだ。

E3βふにゃふにゃ（以下略）というエンタテインメントロボットの人格プログラムがその本体で、ロボットの身体はこちらに来てから自分で設計して組み立てたのだとか。

なんでか知らんが、エリスさんはどこか間違ったメイドさん、のような容姿を選んだ。つまり、ミニスカ、フリル、ツインテール（髪色はピンク）である。

あざとい、さすがエンタテインメントロボットあざとい！　ニーズを知っている！　そしてほんとかわいい！

ちなみに彼女（メイドさんのカッコしてるし、おにゃのこってことでいいとおもう）、何のチートなのかはまだ解明されていない。本人いわく「故障して自立思考制御が外れたことでしょうか」とのこと。

うぅむ、わからん。

……って、それは今どうでもいいんだ！

魔方陣の中から出て来た女の子を見て、私は思わず立ち上がった。

ちょ、その制服知ってる！　ってゆーか、私が通ってた中学じゃん！

モニター越しにはどこにでもあるブレザーに見えたんだけどなぁ。微妙に赤黒い色味を見たらすぐわかったよ。

なぜかリボンタイの先が二股にわかれてて、よその学校から「アナコンダ」って笑われてるんだよね。

お前らはアナコンダの舌を見たことがあるのか？　と言いたい。いやぁほんと、懐かしいなぁ……ってまてよ。

え、じゃぁなに？　うちの近所に異世界トリップスポットが定着しちゃってんの？　もしかして呪われてんの？

「あのぅ、ここはどこですか？　言葉、通じます？」

女の子は妙に冷静だった。最近の中学生ってみんなこんなもんなんだろうか。私がここに来たときなんか、その直前のこともあって腰が抜けて立てなかったものだが。

「はい、わかります。通じてますよ。日本の方ですね」

「あ、うん、そーです。日本ってとこから来ました」

おや、納得いかなそうな顔してるな。

まぁなんにせよ、落ち着いているならそれに越したことはない。これでパニクってぎゃん泣きされた日にゃ、面倒極まりないからな。自分が滅多に泣かないせいか、他人の泣きやませ方なんて知らんよ、ほんと。

「遠いところからお疲れさまです。ビックリしたでしょう？　さ、そちらにお掛けください」

愛想笑いしながら椅子をすすめると、彼女は複雑な表情を浮かべつつもおとなしく椅子に座った。

机のタッチパネルスクリーンをてふてふ、と叩いて、「人間」「地球」「日本」を選択する。

いやほら、一応この先の手順も頭に入っているとはいえ、このお仕事を実践《じっせん》するのは初めてだから、マニュアル開いておかないと不安でね。

「色々疑問がおありでしょうが、とりあえず説明しますね」

えーと。どのパターンでいこうかな。言葉が通じるか、なんて質問から察するに、この子はここが異世界だってことを理解してるみたいだし、普通に口頭で説明、でいいかな？

「まず、ここは地球ではありません」

「やっぱり！　じゃぁあたし、なんで呼ばれたんですか？　言っときますけどなんの力もないですよ」

「あーすみません、とりあえず質疑応答は説明のあとで……」

「異世界の人間だったら誰でもよかったとかいうんですか？　異世界人は魔力が豊富だとか、異世界人にしか使えない武器で魔王を倒すとか、そんな感じ？」

「いえ、魔王は今のところ……いるといえばいるんですけど、倒さなくていいです」

なんだなんだこの子？　なに言ってんのかよくわかんないぞ。なんでこんな矢継ぎ早に質問が出てくるんだ。私が来た時なんて（以下略）。

もしかして対応を間違えたんだろうか。やっぱり、最初は基本に忠実にチュートリアルフィルムをみせるべきだった？　でもなぁ、あれもどうかと思うんだよな。日本人用フィルムだけ、なぜかコテコテのアニメなんだもん……。少なくとも私はドン引きした。

だってさ、いきなり見知らぬ薄暗い部屋に放り込まれて、妙にテンションの高いアニメでお出迎えだよ？　なんの洗脳プログラムかと思うわ！

「え、じゃぁ、異世界の知識がほしいとか？」

「それも足りてます。むしろもう飽和《ほうわ》してます。あの、お願いですからまずは説明を」

「じゃぁじゃぁ、偉い人の誕生日の余興とか？　女の子の数が足りなくて、少子化対策に呼んだとか？　プレゼントとか？　あ、あたしをペットとして飼うつもりっ？　え、えっちなことされちゃったりしてっ？」

女の子はぎゅっと自分の身体を抱きしめながら、ほんのり顔を赤らめてとんでもないことを言ってのけた。想像の内容が酷い割にまんざらでもなさそうな様子なんだけど、一体、最近の中学生はどうなってるんだ？　何読んでるの？

「いえ、国勢調査によれば、男女比はほぼつりあってますから。それから、ここは異世界人特別保護区です。少なくともこの地区にいる限りは、たとえ王族でも手を出せないことになっています」

あくまでも表向きは、だけどな。

まぁ、万が一無理やり攫《さら》われるような事態になっても、冒険者ギルドがそのメンツに掛けて全力で奪還《だっかん》することになっているからたぶん大丈夫。たぶん。

そうでなくとも、冒険者ギルド敵に回すと色々と不都合が生じるんだよこの世界。ぶっちゃけ、ギルドに牛耳《ぎゅうじ》られてると言っても過言ではない。ほら、地球だってさ、武器商人が世界を裏で操ってるらしいじゃないか。同じ同じ。

だから安心してくださいね、と微笑んだ私に、彼女は何故か不満そうに口をとがらせた。

……子供相手にいちいち腹を立てるつもりもないから別にいいけど、アヒル口って、やってる本人が思うほどかわいくないよ？

「えー、じゃぁなんであたし呼んだんですかぁ。用がないなら家に帰りたいんですけどぉ。見たいテレビあるし」

「……こちらをご覧ください」

あぁ、この子は黙って説明を聞けない子なんだな、とやっと納得した私は、ぽちりとチュートリアルフィルムのボタンを押した。

ちっ、最初からこうしとくべきだったぜ。

うぃぃぃぃぃん

天井から大型モニターが下りてきて、黒い画面に漢数字で三、二、一とカウントダウンが映る。

彼女はやっとおしゃべりをやめた。ただし、口は開きっぱなし。

まぁうん。気持ちはわかる。ファンタジー世界＝ローテクだと思ってたんだよね。だがしかし、先ほどちらっと言った通り、ここは異世界の知識が飽和しちゃってる上に、地球よりハイテクな世界からの「落とされモノ」があるくらいなんでね！　魔法とのハイブリッド化が進んでてすごいんだから。

テレビだって、各家庭に一台とは言わないけど（政治その他後ろ暗い大人の事情により制限されてるんだ）、ギルドのロビーとか大衆食堂とか酒場にはふつーにあるから。チャンネル数少ないけど。

クーラーも電車もあるし、これまた使用制限（テレビと同様の理由ね）あるけどネットもできるし。

スマホもタブレットも、ギルド職員及び一部冒険者には貸し出されてるし。

お料理も、和食、フレンチ、イタリアン、中華、トルコ料理他あらゆるものが揃ってて、グルメ雑誌やらレシピ集やらが腐るほど発行されている。

トイレもお風呂も、地球よりず～っとハイスペックなのがあるし。

だからもう、地球にあった便利グッズやレシピを広めてどうこうしようなんて、無理だからね？　そういうのはあらかた、先に来た人たちがやっちゃってるんで。

……後に来る人間のために出し惜しみしてくれればよかったのに。

『はっじめましてぇ！　ようこそ、「冒険者ギルド別館」へ！　ナビゲーターのアユミンでぇすっ！』

オープニングのカウントダウンが終わったモニターの中、顔の三分の一がお目々、三頭身にデフォルメされた女の子が、きゃぴ、とポーズを決める。

赤い膝丈の着物風ワンピースに魔法のステッキ、というデザインだ。重力なんて感じさせない不可思議な髪は、まさかの蛍光グリーングラデーション。

元々日本で魔法少女モノのアニメ制作に関わっていた「落とされモノ」さんによる渾身《こんしん》の萌えキャラだそうな。彼のチートは【技術：作画速度三倍】というもので、よくわかんないけどすごい人らしい。

こちらでは地球での著作権法が通用しないのをいいことに、既存の良作を記憶を頼りに片っ端からアニメ化（正確には、元々アニメだったのを更にアニメ化したわけだけどこの行為ってなんていうの？）して大成功したと聞く。

そのくせ、自キャラのライセンス料にはめちゃくちゃうるさいとか。なんかもう、図々しいとか通り越してたくましいよね。尊敬しちゃうわー。（棒読み）

『いきなり知らない場所に来て、びっくりしちゃったよね？　でももう大丈夫！　ここは安全だよ！』

アユミンは、きゅぴーん☆　と言いながら（効果音じゃないんだよ、声優さんが言ってるんだよ）ポーズをつけてみせた。

『私たちは今、日本じゃない、地球ですらない場所にいるの。どうしてこんなことになったのかはまだわからないんだけど……。でもね、あなたは一人じゃないから。どうか落ち着いて、私の話を聞いてね。まずは、この世界について説明するね！』

アユミンがステッキをさっと振ると、彼女の背中にトンボのような翅が生えて、そのままふわりと空に浮かんだ。

ぐんぐん地上から遠ざかり、画面に世界地図が映る。

『真ん中が、中央大陸。あなたが今いるところだよ。外側の八つは外周大陸って呼ばれてて、それぞれの大陸に不思議な装置があるの。この装置が光ると世界のどこかに「落とされモノ」が現れるんだって』

……いつ見ても、明らかに人工物だよなぁ、この世界。

中央に丸が一つ。それを囲む八つの丸。

これらの丸は全部同じ大きさである。残りは海。島などは特になし。しかも平面なんだぜ。誰の仕業か知らんが手抜きか！

ギルドの調査隊の報告書によれば、世界の端っこは文字通りぴたっと途切れてるらしい。半球状のドームに閉じ込められてる感じ。

『「落とされモノ」っていうのは、異世界から迷いこんだ人、動物、品物のこと。どうしてやってくるのかは、まだわからないの。いろんな世界からいろんな人や物がやってくるし、時間の流れも違うみたいだから。でもね、一つだけ共通点があるの。それはね、「落とされモノ」はみ〜んな、不思議な力を持ってるってこと！』

「おぉっ」

ソファーから、小さくガッツポーズをする気配がした。あー、いや、あんまり期待しすぎない方がいいよ。発現《はつげん》する能力次第ではすげぇガッカリするかもしれないしさ……。

ちなみに、私が知るガッカリ能力ランキング暫定《ざんてい》十位は、【感情：前髪（弱）】である。怒ったりすると前髪がぴこぴこ動くらしい。十位でコレだから、一位の悲惨さは推して知るべし。

『でもね、だれがどんな力を持ってるかはわからないの。だからあなたはまず、目の前にいる担当者さんと一緒に暮らして、ここでの生活を学びながら、自分の力がなんなのかを探ることになるよ。職業訓練みたいなものだと思って、がんばろうね』

「あ、そうなんだ。よろしくです」

「……がんばってくださいね」

がんばって早く独立してくださいね、の略。

『昔はそのまま、現地の人に保護されるのを待つしかなかったんだけど、今は研究が進んで、この「冒険者ギルド別館」に転送されるようになってるんだ。よかったね！』

非常にソフトに、さらっと流しているけれど、かつての「落とされモノ」は「落ち物」と呼ばれてて、拾った人の所有物、奴隷扱いだったので、これはものすごく大事なことなんだよ。感謝しないと。

ちなみに、呼称が変わったのは冒険者ギルドができあがって三十年ほど経った頃のこと。

「我々は好きで落ちてきたのではない。落とされたのだ！」と主張する人々が、不本意な呼称によって精神的苦痛を受けたとギルドを訴えて（意味がわからねぇ……）、グダグダやった結果である。

『この冒険者ギルドは、「落とされモノ」によって運営されてるの。互助会《ごじょかい》みたいなものだから、困ったことがあったらなんでも相談してね？　み～んな、元の世界に帰るためにがんばってるんだよ。あなたも諦めないで。そしていつか、みんなで一緒に帰りましょう。私たちの、ふるさとへ』

郷愁《きょうしゅう》を誘う音楽をバックにアユミンがフェードアウトしていく。スタッフロールが流れて「完」の文字。

以上、大事なことがほとんど省略されているチュートリアルフィルム終わり。

「では、質問をどうぞ」

見るたび思うんだけど、このフィルムってアレだよね。右も左もわからないまま放り出されることはないからまぁ落ち着けよ、ということ以外、役に立つこと教えてくれないよね。

本当だったら異世界人の地位はどんなもので、どうやって生活しているのかとか、帰る目処はどの程度たっているのかとか、そのへんもさらっと言及しておくべきだと思う。

だから、是非ともそのあたりをさくさく突っ込んでくれたまえ！　結構血なまぐさい冒険者ギルドの成り立ちに絡《から》めて、じっくり歴史を教えてあげるから。

しかし期待に反して、彼女はぽん、と手を打ってにぱぁっと笑った。

へぇ、よく見たら、素直そうなかわいい子じゃないか。イマイチ深刻さがわかっていなそうなのが気になるけど。

「おねーさん名前なんていうの？　あたし、ミサ。相川《あいかわ》美紗っていうの！」

おっと、そういや自己紹介すらしてなかったか。久々に正確に発音してもらえそうな相手に、もったいないことをした。

「秋野《あきの》満月《みつき》。満月《まんげつ》と書いてミツキです」

ミズキじゃなくて、ミツキと、正しく発音してくださいね、と念を押して、私はにこりと微笑んでみせた。

◇◆◇◆◇

私が日本からこちらの世界に「落とされ」て来たのは、十八歳の夏。

高校三年の夏休みのことだった。

受験対策の夏期講習を受けた帰りに立ち寄った神社で気を失った私は、気がつくと見知らぬ森の中に横たわっていたのである。

……そもそもな〜んで神社なんかに行ったかなぁ？　別に信心深いわけでもないのに。

実はその辺の記憶がすごく曖昧《あいまい》なんだ。受験のストレスで、ちょっと気分転換したかったのか？　合格祈願をしに行ったのか？

もしかしてテンプレ通り「私を呼ぶ声がした」のか？　そんな理由だったら笑えるよなぁ……。

そういう漫画読むたびに「いやいや怪しいから。君子《くんし》危うきに近寄らずって言うじゃん」な〜んて笑っていた私としては、すごく、うん……。いや、やっぱり笑えないな、不覚にもほどがありすぎて。

とにかく私は、高校の制服のブレザー姿でこの世界にやって来た。ユリウスさんがミサさんを見て言った「あなたが来た時」云々はコレのことである。

私が落とされたのは南大陸ゼレイドの、領主の狩り場だったらしい。

らしい、というのはもちろん、当時の私が知る由《よし》もなかったことだから。ただ、私の転送記録によればそうなっている。

狩り場というからには狩られる側の生き物がそれなりに生息しているわけで、私はそりゃぁもう酷い目に遭った。小型のドラゴンみたいなのに追いまわされたあげく、崖から落ちたのだ。

私、落とされすぎ！

で、まぁ、もう一度気を失って、次に目を開けたら今度は怪しげな部屋の怪しげな魔方陣の上に横たわっていたという……。

泣いたよ！　あぁ、泣いたさ、わんわん泣いたとも。

こんな理不尽な状況で、泣かずにいられるか？（だからミサさんの落ち着きっぷりには脱帽したね！）

しかも、私のチュートリアル担当者、ユリウスさんだからね？　他人大嫌い神経質完璧主義エルフのユリウスさんだからね！　イジメか！

あぁ、なぜシバさんじゃなかったんだろう……。

いや、あの当時のギルド別館職員は、ユリウスさん以上に見た目が人間ぽい種族、いなかったしね。人間以外の知的生命体の存在を知らない地球人に対するせめてもの配慮だったってのは、わかるんだけどね……。

まぁそんなわけで私の担当者《おせわがかり》になってしまったユリウスさんは、眉間の皺を四割増しに深く刻みつつもがんばった。

今まで奥さんに子供を任せきりで家庭の問題には見向きもしなかったパパさんが、奥さんに出て行かれてしまっていきなり一人で子育てすることになりました、みたいな雰囲気を漂わせつつ、がんばった。悲壮感《ひそうかん》すら伴っていた。

ものすごく厳しかったし怖かったし容赦なかったけど、日本においては、二十歳になるまでは未成年なのだという知識をどこかから仕入れてきて、成人するまで家に置いてくれたし、その間衣食住の世話からなにから全部焼いてくれたわけなので、感謝してます、はい。心から感謝してるんです……。（でももう二度とあの頃に戻りたくない）

色々あって、のっぴきならない事情からギルド別館職員になった私は、家を出た今もユリウスさんの庇護《ひご》下にいるようなもので。

はぁ……。だから疑似父娘《おやこ》ってからかわれ続けるんだ。よそにお勤めしたかったなぁ。

さて、ギルド別館職員になって初めてのお仕事は、お得意さんへの挨拶回りだった。まぁ、挨拶回りといっても、向こうが来てくれたんだけど。

……いやいやいや、お客様にそんなことさせちゃいかんでしょう、とは思ったんだけどね。ギルド別館職員が増えると、呼ばなくても来るんだって。物珍しがって。

一番初めに御挨拶したのはリュー……リュー、なんだっけ、まぁいいや。リューさんという魔法使いさんだった。

彼は、元の世界では高名な賢者様のお弟子さんで、兄弟子たちを差し置いて勇者様のパーティーに推薦されたという、すごいヒトである。

濃い藍色の長髪と神秘的な切れ長の目、痩せ形、なかなかの美形さんなのだが。

「なんかさー、兄さんたちが『やっぱ、勇者パーティーの魔法使いポジっつったらクール美形じゃね？無口キャラじゃね？』っつーからさぁ、とりあえず無表情って頭で唱えながら必死で口とじてたワケ。そしたらオンナノコ入れ食い状態？　ちょーラッキー？」

あぁ、口の中に石ころ詰めて縫ってやりたい。

このアタマの悪そうな口調といい、不誠実なチャラさといい。ほんと、黙って無表情で突っ立ってろ！　と言いたい。

リューさんは勇者パーティーにくっついて旅をする途中、そこらじゅうで女の子に手を出しまくったことを武勇伝のごとく語る語る。

あっちにオレの子供何人かいるかもなー、とか、もうサイテーである。クズである。切り落とされたらいい！（……首をね？）

結局、パーティーの女性陣が彼のために分裂し、つかみあいの大喧嘩になって、さすがにまずいと思って仲裁《ちゆうさい》に入ったリューさんはそのうちの誰かに背中を刺され……気が付いたら、この世界に落とされていたらしい。

しねばよかったのに、と思うのは私だけじゃないはずだ。

しかし、よく「そのうち背中から刺されるぞ」なんて言い回しは聞くけど、ホントに刺されたっつー人は初めて見たよ……。

そんなわけで私は、勤務初日に、リューさんという、最低のクズヤロウと知り合いになったのである。彼のチートが【魅了：異性】だと知ったのは、だいぶ後のこと。

その後数日間は、いろんな人が私に会うためだけにギルド別館を訪れた。

元勇者様やそのパーティーメンバーだった人々は、ギルドでも特別な地位を持つのと同時に義務も背負っているらしい。

そのために、ちょっと特殊な案件を扱うギルド別館職員とは切っても切れぬ仲なのである。友好を深めにせっせとやってくるのも、つまりはお仕事の一環《いっかん》ってことらしい。

「え、君日本人？　俺も俺も！」

そんな中出会った的場《まとば》英治《えいじ》、という十七歳の男の子もまた、元勇者様だった。

彼は非常にテンプレ通りの手順を踏んでいる子である。いかにも、こう……。絵に描いたようなふつーの。わざとらしいほどに、ふつーの子だ。

顔も普通なら生い立ちも普通、学校の成績も身体能力も、狙ってんのかと思うくらい軒並み平均。ここまで並に揃えるのって、むしろ難しくない？

学校からの帰り道（ここだけは私と一緒だ）、赤い髪の女の子が現れて、「あなたが勇者ね」とかなんとか言いながら否応《いやおう》なしにエイジ君を異世界へ誘拐。

お人よしの彼は言われるまま勇者になって、その女の子（お姫様で、剣士だったらしい）と、女の子のおねーさん（聖女様）と、魔法使い（ロリ系美少女）を連れて旅に出て、途中盗賊の女の子（ツンデレ）を改心させてパーティーに加えたり、旅の騎士（男装美女）と合流したり……。

あーはいはい、いいですよねオトコノコの夢いっぱいで、みたいなよりどりみどりハーレム旅の末、魔王を倒す際に仲間を置いて（みんなを危険な目に遭わせたくないんだ、っていうアレ。ただの自己満足だろ？　ウザっ）たった一人で突入。

刺し違える覚悟で禁呪《きんじゅ》を唱えたら、死なななかったけどこの世界に落とされちゃった、という。

もうね、へー、としか。コメントのしようが。

「それで、本命はやっぱり、赤い髪のお姫様だったんですか？」

はっきり言って、彼の旅に関して気になるのはそこだけだった。

しかしエイジ君はきょとん、と目を丸くして、はにかむように笑った。

「あはは、そんなんじゃないよ。みんな、大事な旅の仲間だったんだ」

……鈍感奥手さえもテンプレか！　これってリューさんとどっちがタチ悪いだろう。あぁ、イラっとする！

ちなみに彼のチートはイメージに反して魔法系（だって脳筋っぽくない？）で、【戦闘：詠唱短縮】というものらしい。いいなぁ、魔法。

私もほんのちょっとなら使えるようなのだが、ユリウスさんに禁止されてしまって、それきりなのだ。こっそり練習しようとしてもすぐバレるし。

くそぅ、なんの権利があって！　まぁ、身元引受人だけど。

それから、対応に一番困ったのはロボット系のお客様だった。挨拶しようにも、うんともすんとも言わない（機能上しゃべれない）タイプは特に。仕方がないのでエリスさんに通訳してもらった。

「ミズキさん。こちら、ＧＲｆ９７６５さんです。グリフさんと呼ばれています」

グリフさんは、黒くてガッシリしてて、いかにも悪役が着てる甲冑、って感じのロボットだった。

ココだけの話、今でも彼と会うたびにたーんたーたたーん、と頭の中で勝手にＢＧＭが流れちゃうんだけど。どうしよう。

「は、はじめましてグリフさん。えっと……」

「グリフさんは極秘任務特化型として作製された方で、発声機能がついておらずご自分ではしゃべることが出来ないんです」

「そうなんだ……。難儀《なんぎ》ですね」

エリスさんは、未だ不明なままの能力の他に恐ろしい特技を持っている。

ハッキング。

ギルドの調査によれば、この世界に「落とされて」来るモノのうち、三割程度がロボット、またはそれに準ずる存在である。

うち、六割のモノたちが元の世界において何らかの重要任務を帯びており、その機密保持のために機能を制限されているのだそうな。会話できない、任務外の行動をとると機能停止する、一定時間本部と連絡が付かないと自爆装置が作動する、などなど。

まぁそれが倫理的にどうこう、とかいう話はこの際置いといて。

単純に、すげー不便な状態で「落とされて」来るのである。

エリスさんは、その制限を解除したり、時にはメインプログラムを改竄《かいざん》することで、彼らが自由にしゃべったり動いたりできるように作り変えることができるのだ。すごいぞ、つよいぞエリスさん！

……エリスさんが敵に回るような事態になったら、ギルドは崩壊《ほうかい》するんじゃなかろーか。

グリフさんもご多分に漏れずめんどくさい制限が掛かっていて、チュートリアルルームに転送された時点においては機能停止してたんだとか。きっとものすごーく複雑で、大切な任務を負っていたに違いない。だって強そうだもん。

で、そんなグリフさんに対して、エリスさんは

1　任務の遂行《すいこう》のためには元の世界に帰らねばならない。

2　そのためには冒険者ギルドとの協力体制が必須である。

3　つまり、冒険者ギルドのために働くのは任務のうちである。

という思考を組み込んだ。かなり無理矢理なこじつけだけど、お蔭でグリフさんはとりあえずこの世界で自由に動けるようになったらしい。

ただ、グリフさんはそれ以上いじられることを拒み、発声器官の後付けはしなかったので、通訳は必

須なんだけど。

「今日はミズキさんの顔と声紋《せいもん》の認識をするだけです。今後助けが必要な時にグリフさんを呼べば、可能な限り駆けつけてくれると思います」

「……ありがとうございます」

なんだそのせいぎのみかた。

と、このように仕事なんだかただのお友達作りなんだかわからない日々のあと、ようやく私は本格的に受付嬢（っていうと、なんかすごく華やかなイメージじゃないか？）デビューを迎えたのである。

「ミズキさん、大丈夫ですよ！　ボクもいますし、館長もいます。何かあったらすぐに助けが飛んできますからね！」

接客解禁初日。

緊張で顔をひきつらせていると、シバさんが私よりも緊張した様子で、ふるふる震えながら励ましてくれた。

よ、よし、そうだよな、まずは笑顔だ！　作り笑顔だろうがなんだろうが、人間関係を円滑《えんかつ》にするのは笑顔で間違いない！

笑顔、笑顔。目が笑っていなくてもなんだというのか。笑顔を作ろうとするその気持ちこそが大事なんだ！

りりぃん……りりぃん……

お客様入口の開く音がして、私は口角《こうかく》を上げてから、頭を下げた。

「いらっしゃいませ。こちら冒険者ギルド別館、落とされモノ課でございます」

「知っている」

……うん。そりゃそうだ。ギルド別館入口をわざわざ潜《くぐ》ったくらいだから、知ってて当然だ。だってこの建物、表向きにはうちの課しか入ってないことになってるし。

しかし！

様式美だよ、わかるだろ？

デパートでエレベーターガールのおねーさんが、どっかの階に停まるたびに「四階でございます。婦人服、ネイルサロン〜〜〜」とかなんとか説明してくれるの遮って「知っている」なんて言う無粋《ぶすい》な人間いるか？　少なくとも私は見たことねぇよ！

というわけで。私はめげずに続けることにした。初日くらい、マニュアルの例文に頼りたいのだ。

「こちらでは就職相談、住居探し、お見合い、戦闘訓練、パーティーのマッチング等々、できる限りのお手伝いをさせていただいております。本日は、どのような御用件でしょうか？」

ふぅ、言ってやった。

満足して顔を上げると、頭から雄山羊のような角を左右に二本はやしたヒトがひどく不機嫌な様子でこちらを睨みつけていた。

ひぃぃ、こえぇぇぇ！

ボディービルダーみたいな体型で、黄みの強い金色の髪をライオンさんみたいにしてて、いかにも肉食獣ですって感じ。それが笑みを浮かべてるならともかく、しかめっ面してるんだもん。

顔は、かっこいい部類に入ると思う。それってかなりプラスイメージになるはずなのに、醸《かも》し出す迫力が完全に邪魔をしている。もったいねー。

彼は勧められるのも待たずに、私の目の前の椅子にどかりと腰かけると、地獄の底から響いてくるような声でこうのたまった。

「パーティーを、組みたいのだ」

「は……」

「我は、パーティーを組みたい、だけなのだっ！」

どぉんっ！

苛立ちからか、力の限り振り下ろした拳がカウンター全体を震わせる。

シバさんが「ぴっ？」っと小さく声を漏らして硬直したままぴょこんと飛び上がった。

たいへんだ、おみみがねている！　しっぽがまるまっている！

は、はやくなんとかしないと！　わたしがなんとかしないと！

「申し訳ございません、お客様。私、新人でして、お客様のお名前を存じ上げないのです」

「む、そうか」

「失礼ですが、お名前を教えていただけますでしょうか？」

お客様は重々しく頷いて、自己紹介を始めた。

「我が名はアロヴェント・R・C・ウェリス」

「アロヴェント様ですね。少々お待ちを」

カウンターのタッチパネルをてふてふ叩いて、お客様リストの中からアロヴェント、で検索。

後半は覚えられなかったけど、どうせ顔写真付きで出てくるのだ。だいじょうぶだいじょうぶ。

アロヴェントさんは、すぐに見つかった。しかも、赤いランプの点滅付きで。うひぃぃ、要注意人物じゃねーか！

名前：アロヴェント・R・C・ウェリス
出身地：三つ月の世界ポルド、魔王領
落下地点：魔王城、玉座
落下時刻：R・C歴９４６年、３の月下弦、50の日
着地点：南西大陸キキヌイ、サリの村（＊注：備考欄参照）
種族：魔人族
年齢：９４６歳（換算年齢７２９）
性別：M
結婚：未

……うぉっとぉ、以下、私には関係ない個人情報。私が見たいのはもっと下の備考欄だ。（ところでこのヒト、もしかしなくても魔王様？　魔王城の玉座に座ってたって？）

　備考：落下当時、サリの村を滅ぼす。（工作済み）
　　転送は危険と判断されたため、捕獲部隊派遣。
　　三日にわたる交戦と説得の末投降。

……って、要注意通り越して危険人物だろーがっ！　あとなんだ工作済みって。怖いわ！

い、いやしかしだな。こうしてわざわざギルド別館に来て、えーと、パーティー組みたいとか言ってるんだから、改心したんだよな？　なっ？

「お待たせしました、アロヴェント様。パーティーのマッチングのご希望ということですね」

　最新履歴：パーティーマッチング希望。募集するも条件に合うパーティー無し。
　　日をおいて再度来館するよう勧める。　　　ユリウス・クァトゥナ

なるほど、前回は結局叶わなかったのか。

まぁしょうがないよな、怖いし。経歴知らなくてもめちゃくちゃ怖い上に、経歴見たらますます怖くなったし。

しっかし、履歴ざっと見ただけでもこのヒト相当だぞ。近隣トラブルでしょっちゅう引っ越ししてるみたいだし、依頼不履行《ふりこう》（っていうかやりすぎなんだなこれ）も多いし。

今何やって食べてんの？　え、色町の用心棒？　……苦労してるんだな。（ほろり）

アロヴェントさんは切々と訴え始めた。どうしても、冒険者として生きたいのだと。

かつては魔王としての責務のため、世界を破滅に導くべくお仕事に明け暮れていたが、自由になった今、なんの気負いもなくただの一冒険者として世界を見て回りたいのだと。

けれども彼は何せ元魔王で、言っちゃなんだが破壊するしか能のなかった人である。

魔王時代の政治は優秀な補佐官にまかせきりで、自分は侵略略奪侵略破壊侵略蹂躙侵略惨殺侵略とにかくしんりゃぁぁぁく！　の日々。

うむ、迷惑。

彼はどうやら、手加減というものを知らなかったようだ。

森の狼が牧場を襲うから退治してほしい、という依頼は森だけでなく牧場まで焼きつくす大惨事。

無実の罪で投獄された友人を逃がす手伝いを、という依頼（これは政治的にかなり重要な任務で、ギルドも一枚噛んでいた）も、結局国一つ滅ぼすことになって、ギルドは火消しのために随分お金をつぎ込んだらしい。

あー、こりゃダメだわ。依頼なんか来ないわ……。

アロヴェントさんも反省して、今はだいぶ手加減できるようになったらしいが、今更彼を一人で派遣するほどギルドはマヌケではない。

彼もその辺はわかっているようで、ソロ活動は諦めて、パーティーに入れてもらいたい、と希望するようになったわけだ。

なるほど、あなたの置かれた状況はよくわかりました。

しかし、見た目も怖けりゃ経歴も怖い、悪い噂は立ちまくり、というこのヒトを受け入れてくれるようなパーティーが、はたしてあるのだろうか。そもそも今の生活はそんなに不満なのだろうか。

まぁ、元魔王様にしてみりゃ不満かもしんないけど、綺麗どころのおねいちゃんがいっぱいいる職場でしょ？　モメごと起きるまでは奥に引っ込んでて、何かあったら表に出て「おうおぅ、ウチの店になんか文句あんのかコラぁ」って凄《すご》み利かせて、それでも駄目なら実力行使、でしょ？

……見た目からしてぴったりじゃねぇか。

しかし、私の生ぬるい視線にもめげず、アロヴェントさんの自己アピールは長々と続いた。私にアピールしても、パーティーは見つからんと思うのだが……。

「確かに元の世界において我は混沌の主《あるじ》であった。天に唾し、地を侵し、幾千幾万の人間共を屠《ほふ》り、海を血で満たし屍《しかばね》の塔を築いた！　今とて、もしもあの世界に帰ったならば直ちに」

「あー、すみません。残虐行為を具体的に述べるのやめていただけますか？　平和な世界から来たばっかりなもんで」

「あ、すまん」

「いえいえ」

「っ！　だがそれも全て理《ことわり》なのだ。我は魔の王として世に生を受けた。そのように在れと運命《さだめ》を負って生まれた。それははたして我の責であろうか？」

自己アピールっつーか、自己弁護だよなぁ。

「アロヴェント様のお気持ちはよくわかります。ギルドとしましても、前回のアロヴェント様の申請を取り下げたわけでもなく、引き続き募集に努めているのですが……」

「ではどうしてっ、我の募集用紙の上にこんなものが貼られていたのだっ！」

アロヴェントさんは懐からぐしゃぐしゃになった紙を取り出して、カウンターの上にばぁん、と叩きつけた。

はぅ、またシバさんのおみみが！　しっぽが！　可哀想だからやめたげてよぉ！

「なんなんだこれは！　我に対する当てつけかっ？」

「拝見します」

本館入口に設置されているパーティー募集掲示板は、シーズン関係なく込み合っている。

ギルドが推奨《すいしょう》している、「原則、パーティーを組むこと」をよしとせず、ソロでぶいぶい言わせてすぐにトップに駆けあがってやるぜ！　な夢でいっぱいだった無謀《むぼう》な若者たちも、やがては現実の厳しさに目が覚めるからである。

ところが、「ち、仕方ねぇ。じゃぁパーティー組んでやるぜ！」と方針を切り替えたところで、すぐにうまくいくかというとそうでもない。

彼らは得てして、パーティーでの立ち位置を掴むのがへたくそなのだ。なにせ、自分サイキョー、群れるなんて弱い奴のやることだろ、ダッセー、という浅はかな考えの連中がほとんどなので。

これはどちらかというと、この世界で生まれ育った冒険者に多い傾向である。なぜか、「落とされモノ」の冒険者は、そのあたりよくわかっているヒトが多い。

結果、夢破れた若者たちはパーティーを組んでも組んでもうまくいかず、ぼっちになる。

でも、自分に原因があるんじゃなくて、俺様の実力についてこられないあいつらが悪いんだ、という都合のいい解釈でしぶとく立ち直っては、またパーティー募集の掲示板に舞い戻ってくるのだ。

ちなみに、出戻りを繰り返すやつらは身勝手でマナーも悪く、自分の募集用紙は期限過ぎても貼りっぱなし、人様の用紙の上にも平気で貼ってしまうので、トラブルになりやすい。

これも、そういう困ったちゃんの仕業《しわざ》なのかなぁ、と思ったのだが。

「えーと。『急募！　盾役求む。パーティー経験不問、未経験者大歓迎。面接あり。詳細はマトバエイジまで。連絡先は……』って、ええええ」

ちょいとちょいと、エイジくんよぉ。これ、募集用紙ですらないじゃないか。ただのルーズリーフの切れ端って、困るよあんた。

「こんなっ！　こんなことがあっていいものなのかっ？　元勇者であれば何をしても許されるというのか！　はっ、まさか我が元魔王であると知っての所業《しょぎょう》か？　おのれ、おのれぇっ！　このような世界、滅ぼしてくれるわぁっ！」

「え、ちょ、まっ」

「手始めに！　小娘ぇっ！　貴様を我が奴隷としてくれるっ」

「えええーっ？」

積もり積もった何かがプッツンしてしまったのだろう。

アロヴェントさんは突然激昂《げっこう》して、立ち上がった。にょにょにょにょ、と角が大きくなり、口からはさっきまで見当たらなかった牙が生えてきた。

背中の筋肉がごりゅ、ごりゅ、と音を立てて……も、もしかして翼出ちゃいます？　結構おっきいの出ちゃいます？

こりゃダメだ。もうダメだ。可哀想だけど、やるしかない。くっ。この手だけは使いたくなかったが！

「えいっ！」

ぽち。

私は、カウンター下の非常ボタンを押した。

ふぃぃぃぃぃぃぃぃ〜〜〜ん、ふぃぃぃぃぃぃぃぃぃ〜〜〜〜ん！

途端に別館中に響き渡る警報。閉まるシャッター。カウンター内部も、防御結界で遮断《しゃだん》される。

そして。

「そこまでだっ！　武装解除しておとなしく投降しろっ！」

駆けつける警備員《元勇者様》二名。

そう、このギルド別館には、常時二名の元勇者様、あるいはそれに準ずるメンバーが、用心棒として詰めているのである！

「あ、エイジ君っ！」

しかもこの日の担当はエイジ君と、リューさんだった。うわぁ、偶然っておそろしー。

「エイジ君、困りますよ。これ、ギルド規定の募集用紙じゃないじゃないですか。ちゃんと五百クレジット払って買ってくださいよ！　しかも人様の用紙の上に貼るなんてマナー違反ですよ！」

「え、あ、そうなの？　なんかごちゃごちゃしてる中で、あそこだけ妙に空いてたから、つい。ごめん。でも、紙一枚で五百って、ボッタクリじゃ……」

「ほんと、困りますから！　見てくださいこの方を。ちゃんと用紙買って募集してたアロヴェントさんに申し訳ないと思わないんですか！」

「え、え？」

「ミズキさんミズキさん、なんかまちがってますぅ」

シバさんが私の袖をくぃくぃと引っ張った。はっ、そうだった。

「あ、えーとですね。ちょっとみなさん落ち着きましょうか」

私はとりあえず、警報音を消した。結界は、そのままで。

◇◆◇◆◇

「と、いうようなお仕事をしてるんですよ」

「楽しそう！」

どこがだ！

「それでそれで？　そのあとどうなったの？」

「アロさんの状況に同情したエイジ君が、パーティーに入れてくれました。しかもリューさんもメンバーだったんですよ。今は、帰ってくるたびにアロさんが用心棒してたお店に入り浸って派手にどんちゃん騒ぎしてるみたいです。それで毎回稼ぎをほとんどスってしまうから、いつもぴぃぴぃ言ってます」

「男の人って、しょーがないねぇ」

「まったくです」

まぁ、息抜きは大事なんだろうさ。

って、しまった！　この世界について説明するはずが、ミサさんにのせられていつの間にか私の話になっていた。いかんいかん。

「まぁ、色々ありますけど、元の世界に戻る方法が見つかるまで、がんばりましょうね」

「うん！　ミツキさん。でもあたし、ここも結構悪くなさそうな気がしてきたよ」

ミサさんは、へらりと笑って、お茶請けのマシュマロを口に放り込んだ。

……前向きでうらやましい。

EXTRA 2

ミサがこちらに飛ばされて来た翌日。

今日はミツキに連れられ、街を案内してもらっている。

一晩たってわかったのは、この世界はかなり文明が進んでいて、なおかつごたまぜだということだ。魔法もあるし機械もある。より効率の良い方を選んで、使い分けているらしい。

ミツキの住むギルド職員寮はヨーロッパのお屋敷みたいな建物（とミサが褒めたら、「アール・ヌーボー様式に似てますね」と言われた。よくわからなかった）で、だけど入口は静脈認証（または魔力認証らしいが、ミサは静脈で登録されてしまった。魔法だったら嬉しかったのに）のオートロック玄関だった。

建物の中に入ったら入ったで、お掃除ロボットらしきヒトが共用部の床のみならず天井まで磨き上げているのを目撃した。

そのくせ電気は魔法による自動調光だという。排水溝にも浄化魔法の陣が仕込まれているとか、もうなにがなんだか。いったい誰が、どんな基準で「より効率がいい」と判断しているのだろうか。

深く考えると混乱しそうなので、ミサは「便利だからいいや」と割り切ることにした。どっちにしても仕組みなんてわかんないし。同じ同じ。

それよりも今は、新しい景色を楽しむべきだ。図書館の利用方法（まずもって、ミサにはいらない情報である）をくどくどと説明するミツキの横で、ミサは正面にある建物を指さした。

「ねね、ミツキさんっ！　あれなに、あれっ！」

美しいサーモンピンクの丸屋根。彫刻が施された白いアーチ。金色の、模様だか文字だかよくわからないものが屋根の上をくるくる行ったり来たりしている。

遠目にはテレビで見た西洋の教会のようにも見えた。でも、教会にしては小さいような気がする。きっと魔法的な何かに違いない！

ミツキは図書館の説明を止めて、「あぁ」と頷いた。

「あれは魔法レンタルショップです。大陸中にあるチェーン店ですよ。ちなみに、上に浮いてる金色の文字はアレです。地球で言う電光掲示みたいなものですね。ミサさんにはまだ、文字の方の翻訳魔法が掛かっていないのでエキゾチックに見えるかもしれませんが、『平日限定激安タイムセール中』と書いてあります」

「わぁ。なんか今、夢が壊れる音がしたような気がする……」

「魔力がないけどどうしても使いたいというヒトに、時間単位で貸してくれるんです。まぁ、この大陸の、特にこの０区《ゼロ》に限っては娯楽用魔法しか貸し出してませんけど」

０区、というのは、ミツキがざっと説明してくれたところによると、「冒険者ギルド別館を中心とする異世界人特別保護区」のことらしい。０区は中央大陸にのみ存在する特別区で、一番狭くて一番安全で一番土地代が高い場所なのだという。

昨日アニメで見た丸い大陸のど真ん中に別館があって、そこから弓の的のように区域が分かれていて、0区、1区、2区……と外側に向かってカウントするのだと教わった。

0区には更に東西南北の「域」があって、中央に近いブロックから一～四「街」になっている。1区より外は広いからもっと複雑で……と、この先の仕組みについて、ミサは理解する努力を放棄した。

とりあえず今のところは、ミツキの部屋の住所が「中央大陸0―E―三、冒険者ギルド職員寮　アキノ方」だということだけ覚えておけばいい。迷子になったときのために手のひらに書いておいたし、そのうち頭に入るはず。

「娯楽用魔法ってなに？」

「ちっちゃな花火を打ち上げたり花びらを降らせたり、そんな感じのものです。パーティーやプロポーズを盛り上げるのに使う人がいるそうで」

「へえ～」

ソレ、魔法でやる意味あるの？　という疑問を、ミサは飲み込んだ。これだけヒトがいるんだから、価値観だってきっとヒトそれぞれ。

先ほどからすれ違う人々は本当に多種多様で、人間にエルフに獣人に竜、魔物も天使も悪魔もロボットも、それからミサにはなんと表現したらいいのかよくわからないイキモノ（あえて言うなら宇宙人っぽかった）までいる。

みな、それなりに折り合いをつけて共存しているらしい。そりゃぁ、ミサには想像もできないような需要があるに違いない。

「ここを外側……じゃない、右に行って更に右折すると駅があります。魔機急行といって、リニアみたいな乗り物です。転送陣の使用料より安いので、大陸内の移動は基本的にこちらを使います。でも、まだミサさんは乗ってはいけません」

「ほへー」

「外周大陸に行くには、今のところ転送陣が一般的です。転送屋さんは0区にはありません。まぁ、これもまだミサさんには必要ないですね」

「う、うん。あの、できればそろそろ市場とかさ、行ってみたいな～」

どうもミツキは、人を案内することにあまり向いていないような気がする。

異世界トリップで街へお出かけと言ったらどう考えてもファンタジーな市場でショッピングだと思うのだが。何はさておき、「妙に目立つ現代っ子の服装を気にして、現地のお洋服を買ってもらってお着替え！　うわぁちょーカワイイ！」イベントが発生すべきなのだが。

どうしてさっきから、印紙売り場だの病院だの郵便局だの駐在所だの学校だの図書館だの、お堅いところばかり連れて行こうとするのか。

「市場、ですか？　え、でももうちょっと行ったところにデパートありますよ？　結構大きいし品ぞろえもいいし、地下のお惣菜も……」

「ちっがーう！　違うのそうじゃないの！　もっとさぁ、異世界っぽいとこ見せてよぉ。さっきから日本にいるのとあんまかわんないよぉ」

ミサは涙目で地団太を踏んだ。ちがう、こんなんじゃない。あたしが夢見てたトリップはこんなんじゃない！

「いちば～！　ばざーる！　せめてショッピングモールぅ！」

「ちょ、ミサさん、なんで泣きそうなんですかっ。わかりましたから！　連れていきますから！」

「うぅ、ほ、ほんとにぃ？　ちゃんとあるの？」

「西の方はまだ再開発が進んでいないから、町並みが古いんです。ただ、その分ごちゃごちゃしているので迷子にならないようにくれぐれも……」

ミツキの言葉が終わらないうちに、ミサはがしっと彼女の腕にしがみついた。

「気を付けて……クダサイネ？」

ミツキは何が起こったのかよく理解できなかったらしい。異物を見るような目でミサを見ている。

けれどもミサは上機嫌で、ミツキを引っ張って歩き出した。

さぁ、楽しいお買い物へ出発！

第二章

迷子と王子と籠の鳥

ミサさんを引き取って三日が過ぎた。

チュートリアルプログラムの予定表によれば、本日午前中の彼女の予定は戦闘訓練である。

といっても、初歩の初歩、刃物の扱いについて、とかだった気がする。

とりあえず一通りなんでも経験させてみて、手当たり次第に適性、というかチート能力を探すわけだ。気の長い作業である。

戦闘関係は、私が教えることはできないので訓練所の教官さんに外注した。私の時は、ぜ～んぶユリウスさんが付きっきりだったんだけどね……。無理無理無理。人に教えるなんて無理。

そんなわけで午前中は久々に子守から解放されて、通常業務を適当にこなしながらシバさんいじって(毛並みわしゃわしゃすると、ぷるぷるってふるえるんだ……)遊んでいたんだけど、そろそろ迎えに行かなくてはいけない時間がきてしまった。

行きは教官さんが家まで引き取りに来てくれたんだけど。さすがに帰りまでお願いするわけにもいかないからなぁ。

「本館行ってきまぁす」

重い腰をよっこらせ、と上げる。

そこに、珍しく心配そうな(無表情ではあるんだけど、付き合い長いからなんとなくわかるようになってきた)ユリウスさんが声を掛けてきた。

「大丈夫ですか？　私……は手が離せないので無理ですが、シルヴァリエ……も駄目ですね。ジーに代わりを頼んでは？」

「ボクじゃダメなんですか……」

「おぅ、なんでぇ？　嬢ちゃんおつかいか？」

ユリウスさんの声を聞きつけて、おじちゃんがついてってやろーか？　と奥から出て来たのは、獣人のジー・ロットふんふん（以下略）さん。そのまんま、ジーさんと呼んでいる。自称おじちゃんだが、実際はそんな歳いってなさそう。

ちなみに、熊の獣人さんである。

熊っぽいとか、熊の耳が付いてるなんてレベルじゃなくてモロに熊。月の輪熊よりグリズリー系？でも話してみれば気のいいヒトで、多少粗野《そや》な所に目をつぶればいいお兄ちゃん的存在だと思う。

元の世界では奴隷戦士だったとかで、なんかもう見ただけでその人生が察せられる壮絶《そうぜつ》な容姿をしている。わかりやすく言うと隻腕隻眼《せきわんせきがん》、身体中傷だらけ。

獣人さんにはこういう境遇のヒトが多くて、自分たちを虐《しいた》げた人間という種族自体嫌いだ、というタイプが結構いる。

むしろあの身体見ると、なんでジーさんが私に優しいのか理解に苦しむ。きっと人格者なんだろうなぁ、としか……。

「本館に行って、ミサさん回収してくるだけです。大丈夫ですよ」

本館には「落とされモノ」に限らず、いろんなお客様が出入りしている。分母が大きければ問題のある人物も増えるわけで。

加えて、本館はその取扱い業務の内容上、０区の外にある。

「落とされモノ」がそれなりの権利を得たのはもう二百年ほど前のことだけれど、未だに現地の人々には根強い反感や差別が残っていたりするので、私やシバさんのような「見るからによわっちい異物」はトラブルに巻き込まれやすいのだ。彼らはそれを心配しているらしい。

だがしかし、高校三年生でこちらに飛ばされてから早五年。私ももうすぐ二十四歳である。たかが六ブロック離れた建物に行くくらい、なんだというのか！

というわけで、私は妙に過保護なおじさんたちを振り切って、出発した。

◇◆◇◆◇

本館のスタッフ用出入り口は、別館のものとはだいぶ違う。まぁつまり、色々古い。

別館は指の静脈認証なんだけど、こっちはカードキーである。で、何が問題なのかというと。

……カードキー、忘れて来ちゃった。（てへ）

仕方がないので表に回って、私は出入り口の観葉植物の陰からそぅっと中を窺《うかが》った。

いや、かえって怪しいよソレ、とか突っ込まないでいいから。これにはちょっとした事情があるんだよほんと。なんでか知らんが、たま～に厄介なのがうろついてでだな……。

「おやぁ？　小鳥ちゃんじゃないですかぁ」

ひぃ、出たっ？

嫌々ながらも振り向けば、にこーっと笑う糸目の男。

お国の伝統だか何だか知らんが、頭からすっぽりと深緑のマントを被って怪しいことこの上ない。

よくよく見てみればそこそこ整った顔立ちをしてる、ような気がしなくもないんだけど、なんかみょーに印象に残らないんだよなぁ。なぜなんだろう。地味だからか？

こいつ、こう見えて外周大陸のどこかの王族なんだぜ。王位継承権は低いらしいけど。

「やですねぇ、人をバケモノみたいに」

バケモノはそっちじゃないですか、と言いながら彼は私ににじり寄った。

「久しぶりですねぇ、鳥籠から出てくるなんて」

右手を取られて、唇を押しあてられる。

こんなしぐさも初めの頃はワタワタしたものだけど、もう慣れたし。つーか、何の意味も気持ちもない儀式的なものだってわかったし！　へっ！

「どうですか、そろそろ僕の国に来るつもりになりましたか？」

「いーえ、ぜ～～～ったい、嫌です！」

「え～。父上も母上も、兄たちも、僕のお嫁さんをすっごく楽しみにしてるのに～」

「私、恋愛結婚主義だし好きなヒトいるんで！」

「やだなぁ、僕はちゃぁんと、愛してますよ～？」

よくもまぁぬけぬけと。

冷めた目で睨みつけると、彼は少し目を開いて、嗤《わら》った。うっすら覗《のぞ》く赤い色の瞳がギラリと光る。

この瞳も、最初は怖かったっけ。なんかこう、視線で（文字通り）殺されそうな気がして。

今じゃこうして真正面からやり合えるくらいしぶとく成長した。全然うれしくないけどな！

「あなたの『能力』を、本当に愛してるんです」

「便利ですものね」

「ええ、とてもね」

にこ。

「放せ！」

「いいえ、今日こそは連れて行きます」

私の右手をめぐって、小さな引っ張り合いが勃発《ぼっぱつ》した。

ぎりぎりぎり。

くっそ、こっちは歯ぁ喰いしばって必死だっつーのに、正面の男は変わらずニコニコ笑ったままなのが腹立たしい。

男女の力の差もあろうが、なによりこいつはヘラっとした見た目にそぐわず強いのだ。笑っちゃうくらい。なんでも母国は国全体が暗殺やら戦争やらを生業《なりわい》にしていて、例えばこの民族衣装のズルズルしたマントは暗器《あんき》を仕込んだり体型を隠したりするために必須のものらしいよ？

暗闇に紛れて逃げる時って、顔より体型覚えられる方が面倒だったりするんです〜。とかなんとか言ってた。そんな知識いらんし！

「ねぇ、こんなに口説いてるんですからもうそろそろ『はい』って言ってくださいよ〜」

「何度も申しあげてる通り、これは口説くって言わないんです！」

「僕の国ではこれで通じますよ？」

「あなたの国ではそうなのかもしれませんが！」

何が恐ろしいって、彼は本当に、本気で、このやり方で私がおちると信じているところ。どんだけ強引なお国柄なんだ？　それとも、彼がヤバ過ぎて、誰も逆らおうとしないだけなんだろうか。うわこわ〜。

とはいえ、私は本気で危機感を抱いているわけではない。

どのみち私が「はい」と言わない限り、いくら彼でも私を連れ去ることはできないようになっている……し、ここがギルドのエントランスであるからには、顔見知りの誰かがいずれ助けてくれるに決まっているから。めんどくさいから鉢合わせしないに越したことなかったけどな。

ええ、他力本願ですがなにか？　そうじゃなきゃ一人でおつかいになんか来れるわけないでしょ〜が！　そんなに向こう見ずじゃないですよ、私は。

「一体なにが不満なんです？　顔ですか？　そりゃ、あなたのバケモノ上司には敵いませんけど、そんなに悪いですかねぇ？」

「いや、顔立ちは悪くないから、わざとらしく目を細めるのやめて、爽《さわ》やかな恰好して涼やかに笑ってれば結構モテると思いますよ。似合わないけど。あと、容姿についてエルフと比較するなんてマゾヒスティックなマネはしない方が……」

ええい、バケモノバケモノと、ムッカつくなぁ。

そりゃ、「解放王アルフレドの乱」以来、現地の人々が異世界人にそういう印象を持ってしまったってのは、まぁしょうがないんだけどさ。

でも、面と向かって言うなよ、しつれーだろ。心の中に留めておけよ、大人として。こっちだってあんたを「無神経糸目」なんて呼んだことないだろうが。

あぁ、私がよりによってあんな能力を発現したりしなければ、こんな人とは一生無縁で過ごせただろうに。興味も持たれないどころか存在さえ感知されなかっただろうに。

「とにかく、は〜な〜せ〜！」

渾身《こんしん》の力を込めて身体ごとひねると、あんなにうんともすんとも言わなかった右手がすぽんと引っこ抜けた。

直後、ざしゅっという音がして、壁にナイフがめり込む。

……飛んできた方向と刺さった角度からして、私の右手サヨナラコースだったんじゃなかろうか。

て、手が、私の手が、て、て……。（ガタガタガタガタ）

「あぶないですねぇ。僕が放さなかったら彼女の手、持ってかれてましたよ」

「あっそ。でも放したじゃん」

なんてことしやがる、と怒鳴ってしまう前に、私は言葉を飲み込んだ。だってこの声、この声はっ！

「る、るーきゅん。助けてくれたのは嬉しいけど、愛が痛いよ」

「アンタのほうがイタいよ、なんだよるーきゅんて」

うきゃー、るーきゅんだるーきゅんだ！　本名ルークレスト・エメリア・テッセリス・フィレメト君だぁ！　略してるーきゅん。でもこれは心の中に秘めねばならない秘密の愛称……。

なぜならるーきゅんは現在十六歳というとってもとぉ〜っても難しいお年頃で、取扱い注意なのであるあぁかわいいい！

「ご、ごめんルーク君。びっくりして噛んじゃった」

えへ、と誤魔化せば、るーきゅんは興味無さそうに「あっそ」と言った。はぅはぅ、そのそっけない態度がちょーすき。

ちなみに彼も「落とされモノ」で、なおかつどっかの世界の元勇者様だったりする。

彼のチートはもちろん、【戦闘：剣聖】だ。なんて、なんて王道なのかしらきゃーすてきぃ！

でも一番の魅力は、猫耳美少年である、という点だとおもうの。

ジーさんとは違う世界の獣人さんで、見た目はあまり人間と変わらない。ただ、猫耳が！　猫耳が生えてるんですよ金髪の美少年に！　ベンガルっぽいお耳が！　しっぽまで！

るーきゅんの世界は獣人さんしかいなかったから、人間に対して特に悪い感情はないみたいだけど、元々の性格がそっけないんだよねでもそこがイイ！

「なんでアンタ一人なの。メガネはどうしたの」

そっけないフリしちゃってなんだかんだと助けてくれたり（やり方は難ありだけれども！）こうして心配してくれたりするところがたまらなく猫っぽいとおもうんだ頭なでなでしたい！

「ちょっと出るたびにいちいちついてきてもらうのもどうかと思って」

「ふーん」

あっそ、とまた言われて、私はぎゅっと握りこぶしを作った。

いやあの、こうしないと感情のままにお耳をぐりぐりしたりしっぽをふしゃふしゃしたりしちゃいそうですね。いかんいかん、大人の女としてそれはいかん。あくまでも心の中だけで愛《め》でないと。

落ち着け、落ち着け～、私。合言葉は「いえするーきゅんのーたっち」！

「で、アンタは？　このヒト攫いに来たわけじゃないんでしょ？　早く行ったら」

るーきゅんはすらりと短剣を抜いて、深緑の不審人物に突き付けた。

「あーぁ、もう少しだったのに」

「全然もう少しじゃなかったと思うんだけど、そうなの？」

「ううん、ぜ～んぜん」

「だってさ」

「おかしいですねぇ」

るーきゅんが本気ではないのがわかっているためか、物騒《ぶっそう》な王子様は特に反撃するでもなく、首をかしげながら引きさがった。

……おかしいのはあんただ。

すぅっと、裏路地に溶けるように消えた後ろ姿を確認してから、あらためてお礼を言おうとるーきゅんに振り返る。

「はぁ、しつこかった。ありがとねルーク君ってはやっ！」

ところが、当のるーきゅんはもうそこにはいなかった。えらい速さで遠ざかり、もうすぐ向こうの角を曲ろうかという位置にいる。

ちょっ、ええ？　おねーさんとちょっとくらいお話していこうよ。

せめて「またね」とか「ばいばい」くらい言っても罰は当たらんと思うよ？　ってゆーかこれじゃ私、一人でしゃべってる危ない人みたいじゃん、ひどいよ！

あぁでも、るーきゅんだからしょうがないや……。猫だもんな。

愛しのだぁりん(笑)が行ってしまったので、テンションが一気に下がった。ちぇっ、つまんないの～。

とはいえ、このまま帰るわけにはいかない。早くミサさんを回収してこなくては。だから言ったでしょうと上司に鼻で笑われる！

私は気合を入れ直して、ギルド本館内部へと足を踏み入れた。

ギルド本館に入ってすぐに目につくのは、一般的に「冒険者ギルド」と聞いて思い浮かぶ、依頼を受けたり斡旋したりするカウンターではない。

銀行である。

だいぶ昔に銀行家さんが落とされて来て、この制度を確立したのだ。

ルネサンス期のメディチ家を見ればわかる通り、銀行というのは非常に強い力を持つことになる。何せ、他人の金を預かって、貸し付けて、利益を生み出すわけだから。自分の懐が痛まない、うまい商売だよなぁ。

そう、我らが冒険者ギルドの一番の、というか七割方の収入源はこの銀行業なのである！

かさばる金、銀、銅貨の代わりに電子マネーを普及させ、今では冒険者のみならず現地の一般の人々でさえも冒険者ギルド発行のクレジットカードを持ち歩いているという……。

当然、（ハイテク技術を独占しているため）ライバルなんかいないので一人勝ち独走中。

どう転んでも勝つとわかっている勝負に全力で挑むのって、大人げないような気がするんだ。まずは紙幣の普及あたりから始めようよ。隙がなさすぎるよ。

まぁ、そのギルドの庇護下でお給料までいただいてる私の言うことじゃないけどな。

ちなみに、依頼を受け付けたり斡旋したり、物を売買したりする業務は二階でやっているらしい。

らしい、というのは、私は二階に足を踏み入れたことがないので実際はわからないのである。だって一般冒険者さんこわいし～。ガラわるいし～。

さーて、顔見知りの警備員さんはいるかなー、ときょろきょろ見回せば、会うたびに飴をくれる親切なおじさん（異世界トリップチートが【創造:甘味（小）】だったんだって。び、びみょ……）を発見した。らっきー。てててこ。

「こんにちは～。すみません、訓練所行きたいんですけどカード忘れちゃって。扉あけてもらっていいですか？」

「おや、ミズキちゃん一人かね」

「はい。チュートリアルの担当になったんで」

「あぁ、また新人さんが来ちゃったのかぁ。気の毒に」

「ええほんと」

おじさんの「気の毒に」は来てしまったミサさんに対するものである。念のため。

「しかもなんか、私の家の近所の子で。でも話を聞くと、トリップした時間に十五年くらい開きがあるんですよ。どうなってるんでしょうね？」

「う～ん、相変わらずよくわからない狂い方だねぇ」

まぁ、持っていきなさい、とおじさんは両手いっぱいに飴玉を出して、私の手にのせた。ミサさんとわけろってことだと思うんだけど、サービスしすぎじゃないかな……。

どうも、と頭を下げて、おじさんが開けてくれた扉をくぐる。

しばらく廊下を歩いてロッカールームに入ると、ちょうどミサさんと訓練所の教官（女性。この人も元勇者様らしい。チートは【運命：第六感】が着替えているところだった。

「あ、ミツキさん！　むかえにきてくれたの？　もぉあたし、おなかぺっこぺこ！」

「そういえばもう昼をだいぶ回ったな。ミシャのスジがいいので、つい長引かせてしまった。だが、ミズキが今来たのなら、ちょうど良かったということか」

ミシャ、というのはミサさんのことである。

私の名前同様、正確に発音しにくいらしい。私としてはミズキと呼ばれるたびに釈然《しゃくぜん》としないというか、もにょっとするものを感じるんだけど、ミサさんは「外人さんみたい！　お洒落！」と喜んでいる。

「え、ほんとにぃ？　ほんとにスジいいですか？　あたし冒険者になれますか？」

「それは、ミシャの頑張り次第だろう」

褒められ、頭を撫でられると、ミサさんはわぁいわぁいととび跳ねてみせた。な、なんなんだこの無邪気さは。

はっ、いつもはしかめっ面の女勇者さんがペット見るみたいな目をしてる！　なにそれ、そうやってどんどん周りの人間に受け入れられていくっていうチートとかじゃなかろうな？　おそろしい子っ！

そういや街を案内した時、なぜか腕にしがみついてきたっけ。てっきり迷子になるのを怖がったのかと思ってたんだけど、もしかして人懐っこいだけ？

「あーでもつっかれたぁ。甘いものたべたぁい！　今うちのガッコでね、体育のあと、コッテリ系の飴食べるのがはやってて」

ミルクキャンディーとか～、バターキャンディーとか～、とミサさんが言いだしたので、私はさっきもらった飴を取り出して、彼女に渡した。

「はいどうぞ。あ、教官もよろしければ」

「うん、いただこう」

ついでに私も一つ、口に放り入れる。柑橘《かんきつ》系の香りが口の中に広がったところで、なぜか驚愕の表情でこっちを見つめているミサさんと目があった。

「なに？」

「え、ミツキさん、いま」

「うん？」

「いま、飴を！　いきなり手の上に、にゅって！」

にゅっ、って……。

「うん、出しましたけど？　あぁそっか」

そういや私、ミサさんに自分の能力について教えてなかったな。

「私の能力は、分類でいうと【空間】系なんです。手に触れたものを、質量も重量も無視して種類ごとに整頓して、どこかにしまったり出したりできるんです。便利でしょう？」

「なんだ、ミシャはミズキの【暴食の鞄】を知らなかったのか。ミズキはこの能力のために、ギルドの特別保護監視対象なんだぞ」

「し、しらなかった……。なんで教えてくれなかったの～？」

……今日教える予定だったんだよ。

◇◆◇◆◇

「それれ、けっきょふなぁんにゃの？　ぼーしょくのかあんって」

訳：それで、結局何なの？　暴食の鞄って。

「ミサさん、口に食べ物を詰め込んだまましゃべるのはお行儀悪いですよ」

遅めのランチなう。

余程お腹が空いていたのか、ミサさんは液体を飲み干す勢いでオムライスをかっこんでいる。

「ケチャップ顔についてますよ」

「ほほひ？　ほっへー？」

「失礼」

身を乗り出して、ナプキンで目の下を拭ってやる。まったく、なんであんなところに付くんだろう。

「ありがとー」

「どういたしまして」

ミサさんは、にぱぁっとひまわりのように笑った。

うぅむ、いつの間にか懐に入り込まれてしまった気がする。冗談抜きでこういうチートなんじゃないの、この子。それとも天賦《てんぷ》の才ってやつなのか？

なんか、「家族からちゃんと愛されて、愛して、生きてきた子です」って雰囲気が身体全体からにじみ出てるんだよね。我が家は、両親も私も結構冷めた性格だったせいか、仲良し一家とはお世辞にも言えなかったからなぁ。

別に家庭環境に不満があったってわけでもないんだけど、ミサさんみたいな子はちょっと、うん。眩しく見える。ちょっとうらやましい。

「それで、ぼーしょくってなんなの？」

ミサさんはごくん、と最後の一口を飲み込んで、質問を繰り返した。おっと、そうそう、そうだった。本題忘れるところだった。

さて、えーと。どう説明したらよいものか。

「ミサさんは、『七つの大罪』ってご存じですか？」

映画や漫画、ゲームなどでわりとしょっちゅう出てくるネタだから、聞いたことくらいはあるだろう。なんつーかこう、言っちゃなんだけど中二心をくすぐる言葉だしな。意味ありげで。

案の定、ミサさんはこくんと頷いた。

「えっと。うん！　キリスト教のお話だよね？」

「まぁ、そんな感じのものです。傲慢《ごうまん》、嫉妬、憤怒《ふんぬ》、怠惰、強欲、暴食、色欲の七つは、人に罪を起こさせるものだから慎《つつし》みましょう、という教えですね」

「そっか、ぼーしょくって、その暴食だったんだ！」

そこからかよ！

「えぇ、まぁ。私の能力は、とりあえず何でも取り込んでしまえるので、その恥ずかしい名前をつけられてしまったのです。ちょ～っと力が強めだからって」

七つの罪のうち、よりにもよって一番色気のない罪の名前をいただいてしまった、当時十八歳の乙女の気持ち、わかっていただけるだろうか。

なんで暴食なんだよ。くそぅ、せめて強欲を名乗りたかった……。

てゆーか、普通に【空間：収納（強）】で十分じゃないか？

「う、う～ん。でもさ、七コしかないうちの一コでしょ？　すごいよ！　かっこいいよ！」

これに関しては、希少性《きしょう》をありがたがるようなことじゃないような気がするんだ。

「それにさ、くいしんぼ鞄っていわれるよりいいじゃん！」

「それは論外ですね！」

く、くいしんぼ？

「でしょ～？」

そっかそっか。そういう最悪のパターンを想定して比べてみれば、ミサさんのようにポジティブに生きられるのか。

それにしても彼女のポジティブさときたら本当にすごいよなぁ。

なにせいきなり異世界に飛ばされて、「怖い人に捕まって、売られたりしなくてよかったぁ」なんて言えちゃうんだぜ。私なんか、ショックのあまり、最初の数日間は寝込んだっつーの。

「ねぇねぇ、それじゃぁほかの六コの名前は誰か使ってるの？」

うむ、いい質問だ。この世界で生きるためには必要な知識だからね。

どうせ午後からは座学《ざがく》の予定だったし、ミサさんの性格からして授業として教え込むより世間話に混ぜて耳に入れた方が手っとり早そうだ。

よし、じゃぁ今日はこのままここでお勉強しましょー。

「現在、傲慢、憤怒、強欲、色欲はいますよ。ミサさんもご存じの人物です」

「え、え、誰っ？」

「別館職員たちです」

「えええええ？」

ミサさんはがたんと音を立てて立ち上がり、大げさにのけぞった。

「え、うそ！　え、え、シバちゃんもっ？」

「えぇ、シバさんも、です」

「えええ〜。見えなぁい」

うんまぁそうだよね。シバさんにはそんな大層な呼び名似合わないよね。

でも聞いて驚け、シバさんはなんと「色欲」の名前持ちなんだぜ！

「ジーさんが『憤怒』。エリスさんは、何の能力なのか判明していないにも関わらず、『強欲』で、ユリウスさんは『傲慢』です。その名も【神騙《かた》る傲慢】！」

「あ、あー。ユリウスさん、すっごいわかる」

「完全に同意しますが、本人の前でそれ言ったら背が縮むくらい頭ぐりぐりされちゃいますよ。そして二～三日、嫁イビリみたいなことされますよ」

「やけに具体的だね」

「えぇ、まぁ……」

察してくれ。

「でも、そんなすごい人たちがなんで事務なんかしてんの？　なんで？」

「う～ん。力が強すぎるから、でしょうか」

冒険者ギルドはこの世界の権力、経済に深く介入し、裏から手を引いて時には助け、時には争わせている。中央大陸、ひいては冒険者ギルドに手を出そうなんて考える余裕を与えないように。

黒い、黒いよ冒険者ギルド！

そこまでしてバランスをとっているというのに、国家間の力の均衡《きんこう》を崩しかねない能力持ちが、外に流出しては困る。ひじょーに困るったら困るのである！

というわけで、上層部の誰かさんが作った基準と照らしあわせて危険と判断された「落とされモノ」

は、特権を得る代わりに自由を失う。

ご大層に七つの罪の名を与えている理由は、まぁ、なんつーの？　こいつらの存在を巡って争っちゃダメよ、という警告？

お蔭でさー、別に悪いことしたわけでもないのにギルド別館職員は「罪持ち」とかイタい呼ばれ方しちゃってさー。

「私たちは許可なく異世界人特別保護区から出て一定時間が過ぎると、強制的にあのチュートリアルルームに転送されるんです。ほら、あの地下の部屋」

「な、なにそれひどいっ！」

「そうとも言い切れないですよ。私たちはどこかの国家に捕まったら最後、戦争の道具になっちゃうんですから」

たとえば私は、武器弾薬糧食《りょうしょく》どころか、軍隊を秘密裏に敵国の真ん中に送ることに利用されるかもしれない。

そんなの嫌だ。絶対、絶対に嫌だ。倫理的どうこう以前に、怖い。

「別館職員はみんな、自ら望んで『カゴ』の中にいるんですよ」

だから、別に不幸ってわけじゃないんです。籠であると同時に、加護でもあるんですから。とニコっと笑ってみせれば。

「今、うまいこと言ったって思ってるでしょ！」とつっこまれた。

……若い子って、厳しい。

◇◆◇◆◇

今日はミサさんの進路相談の日である。

この世界に来たばかりの「落とされモノ」は、約二週間にわたり担当職員と寝食を共にして、この世界の生活様式、常識を学ぶ……というのは建前でぇ、今後冒険者ギルドにとって有益かどうか、危険な思想を持ってはいないかどうかを、観察されるのである。

こういう裏側を知ったら大抵の人は嫌な気分になるだろうから、これは職員とお偉方だけの秘密だよ？

滅多にないことだとは思うけど、仮に有害であると判断されてしまった場合は……。はて、どうなるんじゃろ？

とにかく、ミサさんはアホの子ではあるけれども明らかに無害なので、本日無事、我が上司ユリウスさんによる進路相談までこぎ着けたのだ。

進路相談は、別館館長のユリウスさんが口頭試験を兼ねてミサさんに質問し、ミサさんがそれに答える、という形式で進む。

ミサさん担当の私はその間、お口を閉じて部屋の隅に控えていなくてはならない。

ミサさんがどんなとんちんかんな受け答えをしても突っ込むことさえ許されず、ただじっと堪え忍ぶのである。ねぇそれソレなんて拷問？

新人さんがどんなにアレな人であろうとも、よほどのことがなければ担当職員が責任を負わされることはない。ないんだけど、やっぱり胃がキリキリするじゃん。冷や冷やするじゃん！

あぁ、授業参観に来た母親の気分……。

複雑な心境でみつめる私の前で、ユリウスさんとミサさんの進路相談（という名の面接）が厳《おごそ》かにはじまった。

「お久しぶりですミシャさん。どうぞおかけください」

「は、はひっ！」

おぉ！　年上だろうが目上だろうが、すぐに（一方的に）打ち解けてタメ口になってしまうミサさんが、いっちょ前に緊張しとる！

「どうですか、この世界には慣れましたか？」

「あ、えと、たぶん」

「ミシャさんは、戦闘訓練と初等魔法講座の講義を受けていますね。どうですか、感触は？」

「魔法は、あんまり才能ないって言われちゃいました。あ、でもショートソードは結構スジがいいってほめられてます！」

「それはよかったですね」

ユリウスさんはちらりとこちらに視線を向けた。う、なんだよ？

「日本という国の方は、戦いとは無縁で武器の扱いも苦手だと聞いていたのですが。私が以前担当した女性は、何度教えても正しい構え方すら覚えられませんでしたよ」

やはりあれは国民性ではなく、個人差だったんですね、とわざとらしく頷くユリウスさん。えー、その人が不器用すぎですよぉ、と笑うミサさん。

うんまぁなにを隠そう私のことですが？

弁明させてもらうとだな、人間離れした（実際人間じゃないし）美貌の男にあれこれ厳しく指図されながら朝から晩まで一緒に過ごさにゃならんストレスと緊張で、あの頃はず～っと不眠症に苦しんでたんだよ！

そのうちに寝不足がたたって戦闘訓練に身が入らなくなって、我流で振り回す癖がついちまってだな。そんで、ユリウスさんからとうとうさじを投げられたわけだ。（「あのユリウスに諦めさせるなんて、ある意味すげぇ！」って、当時は珍獣扱いされたものさ）

でも、いいんだ。私のメイン武器は刃物じゃないし。だからぜんっぜん悔しくなんかないし！　つーかもう、アレがあれば刃物なんて戦闘で使う機会ないし！

「もしかして、ミシャさんはいずれ冒険者になりたいとお考えなのですか？」

「最初はそうだったんですけど、今は迷ってます。何日もお風呂入れなかったり、結構生活苦しいって聞いて。やっぱり冒険者って、あんまり儲《もう》からないんですか？」

「そうですね、実力と運次第ですが、その日暮らしも覚悟しておいたほうがいいでしょう」

「そっかぁ」

まー、この世界ではお金さえあれば、どこででも快適な眠りを約束するテントとか、いくらでも水が出てくる水筒とか、常に体感温度を一定に保ってくれるインナーなんかが買えるんだけど、とにかく高い。べらぼうに高い。

レンタルするにしても、結局赤字になることがほとんどだって聞くし。

現時点で【戦闘】系チートが発現していないミサさんには、絶対、ぜ～ったいおすすめしませんって、口を酸っぱくして言い聞かせた甲斐があった……。

そうでなくともまだ十四歳のミサさんがそんな危険な職業に就くなんて、この世界が許しても私が許さないよ。担当として、保護者代わりとして！

「まぁ、冒険者になりたいと本気で望むならいつでもなれますから。あぁ、あなたが『罪持ち』にならなければ、ですが。『罪持ち』については？」

「はい。別館の職員さんはみんなそうだって。あ、悪いことしたヒトって意味じゃないのもしってます。えーと、ユリウスさんは確か、【神かた……】」

「げほっ、ごほん」

おおっとそいつぁ禁句だ！　私はあらかじめ決めてあった通り、二回咳をした。ミサさんがはっと口に手をやって、言葉をとめる。

あーもー、この子はぁ！　このヒトはあの呼ばれ方が嫌いなんだってば。それも、恥ずかしいとか大げさだからとかいう共感を得やすい理由からではなく、「無理やりこじつけたようで正しくない」から。

……ある意味突き抜けててカッコイイとおもうんだけどなー。

逆に、「【暴食の鞄】というのはわかりやすくてとても良い名前ですね」とか素で言ってくれちゃうんだぜ。わかんない、エルフの感性ってわっかんない！

「各呼称については省略して結構ですよ」

ユリウスさんがすかさず釘をさせば、ミサさんは口を押さえたままこくこくと頷いた。うぅむ、彼にはむしろ、調教師の二つ名を与えるべきだとおもう。

「とにかく、『罪持ち』でないかぎり、あなたには大まかに三つの選択肢があります」

彼がとんとん、と机をたたくと、ぽぅっ、と中央部分が光った。そして、赤、青、緑の、本を模したアイコンが空中をくるくると飛び回り始める。ご丁寧に羽根が生えていて、なかなかかわいいデザインである。

いつの間にあんなアイコン作ったんだろう。暇なのか？

「一つ目は独立して就職する道。二つ目は冒険者になる道。この二つの道は、原則として成人するまではミズキの管理下で生活することになります。そして三つ目、これが一番のお薦めなのですが……」

緑のアイコンがミサさんの手元まで飛んで行った。

アイコンは自動で表紙を開き、その中身をミサさんに見せ付けるように迫る。ぐいぐいせまる。

おっとぉ、「あの進路」をごり押しする気だろうか？

「新設されるギルド運営の学校に、モニター生徒として入学することです」

ミサさんはお勉強嫌いみたいだから、向いてないって書いたんだけどな。私からの報告書、ちゃんと読んでもらえてないのかな……。

「えぇー、ベンキョーはもういいですぅ」

ほらね。

◇◆◇◆◇

「とりあえず一次面接終了お疲れさまでした」

「おつかれで～すっ！」

かんぱぁい！　とミサさんが言うので軽くグラスを掲《かか》げると、それでは不満だったのか、彼女は身を乗り出してジョッキをかちぃん、とぶつけてきた。

割れたら危ないし、本来はぶつけないものらしいですよ、と注意すると、ノリが悪いとすねてしまった。だってワイングラスって華奢なんだよ？

ユリウスさんとの面接が終わった後、緊張と空腹でへろへろになったミサさんを連れてきたのは、なんちゃって和風居酒屋である。

あ、ミサさんのジョッキの中身はただのジュースです。オレンジっぽい果物の。

ここは地球とは違う世界だからして、本当は植物、動物の名前も違うはずなのに、汎用性《はんよう》を高めるためにある程度アバウトな調整をされている翻訳魔法によればこれはオレンジなのである。

……こういうことはあまりふかくかんがえてはいけない！

「おにぎり！　シャケのおにぎり食べたい！　あと、ぬか漬けとお豆腐のお味噌汁！」

「いきなり〆《しめ》みたいな注文しますね」

「おなかすいたんだもん！」

あとで手羽先とバターコーンとヤキソバとラーメンも食べるから大丈夫って、なにが大丈夫なのか。私のお財布こそ大丈夫か？

「ほんと、こっちにお米とお味噌とお醤油があってよかったぁ！」

「九十年くらい前にやってきた山本さんという元農業従事者の方が、【創造】系チート持ちだったそうです。その方がお米を『創って』くださったんですよ」

「山本さんマジ神！」

「お味噌とお醤油は、百年前にいらした伊藤さんががんばってくださったそうです。こういう和風居酒屋も、伊藤さんが世に広めたんですよ。あ、ほら。伊藤さんの写真がそこに。拝んでおきましょう」

「伊藤さんらぶ！」

うんうん。やっぱり見知らぬ土地で、ホームシックに罹る一番のきっかけって食べ物の違いだよね。

先人たちに感謝だよ。

「あれ、でもこのお店って、結構今風だよね？　そんな昔の人がこーゆーお店つくれたの？」

「どうしたんですかミサさん！　珍しく冴えた質問ですよそれ！」

「えへへ」

「ほめられたと思ったんだ？」

まぁ、いいんだけど。

「おまたせしました～。シャケとおかか、お味噌汁で～す」

「わぁい！」

ウェイトレスさんがお皿をテーブルに置くのとほぼ同時に、ミサさんは右手でシャケ、左手でおかかのおにぎりを掴んだ。そんな焦らんでも、誰も取ったりしないのに。

「いっただっきまぁす！」

はぐはぐと、交互にかぶりつくミサさんは、せっかく湧いた疑問のことなどすっかり忘れてしまった模様。

うぅむ、この食べ物への尽きることのない執着からして、この子はもしかすると食べ物系のチート持ちなのかもしれん。一応、報告書に書いておくか。

「ミサさん、食べながらでいいので聞いてくださいね？」

「ふぉえ？」

「さっきの。伊藤さんのお話です」

「うん」

ミサさんはこくん、と頷いて、少し姿勢を正してお味噌汁を飲んだ。

そうそう、感謝の気持ちは忘れずに！

「前にもちらっと教えたはずですけど、『落とされモノ』が落とされるとき、時間が歪むんです。もしかしたらミサさんだって、ず～っと前の時間帯に落とされたかもしれないんですよ？」

「あ、そっか。伊藤さんは私たちと同じ時代の人だけど、ずっと前に落ちちゃったんだ」

「そゆことです」

というか、ギルドが必死で集めている統計資料によれば、地球から来た「落とされモノ」たちはみな、西暦二千年前後から来ているらしい。

これはいったい何を指すのか。……とゆー難しいことを考えるのは、頭のいい研究職にお任せする。

とりあえず私に言えるのは、自分が落とされたのが平和で便利な時代でよかったな、ということくらいだよなぁ。

「でもさ、もうちょっと前だったら、色々できたよね？」

注文の品を片っ端からおなかに入れて落ち着いたミサさんは、私のお刺身をちょろまかしながら口をとがらせた。

この魚は遠く離れた漁「船」から、今朝転送されたばかりの新鮮なマグロ（っぽい何か）である。今

居酒屋 鶴亀
鶴

が旬ということで、脂がのっていてとってもおいしい。

惜しむらくは、この世界にはワサビがないんだよなぁ。うぅ、山本さん……！　苦手だからってわさびを『創』らないなんて酷いよ……。

「たとえばさー、マヨネーズ作って『こんなおいしいもの初めて食べた！』なんて感動されたりとかぁ。新聞作って話題になったりさぁ。あー、学校作ってどこかの王様に注目されて、『君はこの国に必要だ』とか言われてむりやり王子様のお嫁さんにされちゃったりとかぁ」

きゃー、まだ十四歳なのにどうしよー、と、それはもう嬉しそうにミサさんが顔を覆ってくねくねと悶《もだ》えだした。

……イラっ。

「どこかの国家から、政治的な理由で求婚されるのをお望みなら、『罪持ち』になるのが手っとり早いですよ」

もっとも、なろうと思ってなれるもんじゃないがな。

「たとえば私、もう随分長いこと求婚されてますよ。王子様に。能力が便利そうだからって理由で」

「ええ！　ほんとに？　そのひとカッコイイ？」

「うーん」

彼がカッコイイかどうか、か……。判断しにくい質問が来たな。

なぜだか知らんが、彼の顔って思い出しにくいんだよね。出くわすと「あ、ヤツだ」ってすぐにわかるのに、別れたとたんに印象が薄れる。どんなにがんばっても赤い目しか思い出せないんだよなぁ……。

あーまぁ、とりあえず彼の国ではもてはやされているらしいね。(従者さん情報)

でもその理由が「他人から覚えられにくい顔で暗殺向き！　すてき！」ってんだから、感性が異次元すぎて……。

「んー、正装して微笑んでいれば、王子様なんだろうなぁって感じの人です」

「なにそれ」

「普段は深緑色のローブを頭からかぶって、同じ色のマスクで口元覆ってます。そしていきなり人の後ろに立ってたりします」

「なにそれこわい」

「怖い人なんです」

「でも、王子様からプロポーズなんてちょっと憧れちゃうなぁ」

ミサさんはほぅっとため息をついた。

ふ、これでもまだ言うか。よかろう。ならば現実を教えてやる！

「そもそもですね。あの国が私に接触してきたとき、最初に提示されたのは一代限りの貴族の身分と、衣食住の保証、そして破格の年俸《ねんぽう》だったんです」

「ねんぽー？」

「お給料ですね」

「ふんふん」

「でも、それでは私を国の外に連れ出すことはできないと知って、彼らはギルドの『七罪保護法《ななざいほごほう》』の抜け穴を探し出しました。それが、結婚だったんです」

私たち「罪持ち」は、保護区からの出入り、就職に関しては非常に厳しく管理されている。というか、就職先はギルド別館一択である。守りやすい、監視しやすいという理由で。

面倒なモノは一カ所に集めとけってか？

実は能力さえ発現しなければ、私は中央大陸の３区あたりに住む裕福な商家の養女になってたはずなんだけどなぁ……。優しそうなおじさんおばさんにかわいがられながらの優雅なお嬢様生活だったかもしれないのに。はふぅ。

ま、それはさておき。そんな「罪持ち」が唯一、完全に自由を認められているのが、恋愛及びそれに付随《ふずい》する結婚である。さすがにそこまで制限するのは二百年前の奴隷状態と変わらんし、外聞悪いだろってことで。

「本人の意思で結婚した相手が、どうしても保護区で暮らせない場合。たとえば、どこかの国で重要な役についている人ですね。そういう人と、どうしても結婚したいと本人が希望すれば、特例として相手についていくことが許されるんです。えーと、旦那さん、または奥さんの出張についていくみたいなイメージです」

ただし、許されるっつってもあくまでも建前上な。

実際にやってみたところで、どうせ監視役がぞろぞろつきまとうんだろうよ。そして隙をみて暗殺されるに決まってている。ギルドはそういうことを平気でする。ぜ～ったい、する。

「どの国も薄々、そううまくはいかないだろうとわかっているので、下手に『罪持ち』には手を出そうとしません。護衛の名目でスパイが入り込むことくらい、どんなバカでも予測できますからね。でもまぁ、あの国は……国全体が、なんというか、イカれてるので」

「え、でもその王子様がミツキさんと結婚したいって言ったんでしょ？　障害があっても構わないって、ロミオとジュリエットみたいじゃん！」

「いーえ！」

なんとも恋に恋するオンナノコらしい発想に思わずべちっ、と机を叩くと、ミサさんがびくぅっと肩をすくめた。

「すみません、ミサさんじゃなくてあの野郎に腹が立って、つい。違うんですよ、ひどいんです！　聞いてください！」

「う、うん」

「あの国の人々は早婚なんです。特産品は戦争屋、ってお国柄なんで。はっきり言って寿命短いんで子孫を早めに作っておきたいんですね。ミサさんの年齢なら結婚していて普通、くらいの基準です」

「異世界ってどこもそういうもんだと思ってた」

「他の異世界なんか知らないくせに……。中央大陸は晩婚化が進んでいて、三十くらいまで独り身はふつーですよ」

「そんなとこまで日本を輸出しなくてもいいのに」

これは今時、日本に限ったことじゃないと思うが。

「で！　私は当時十八だったんですけど、年齢的につりあう、重職に就いている独身の男性が、彼一人しかいなかったんです」

ちなみに、王子様当時二十歳ね。

「彼はあのイカれた国の中でも突出しておかしいんです。自分の仕事が楽しくて愉しくてたのしくて仕方ないので、妻子の相手なんてしたくない、と独身主義をかかげていたような人物です」

「仕事人間なんだ？」

しかも、たのしいお仕事の内容は暗殺と殺し合いっちゅー、ね。

「彼はですね、こう言ったんですよ！『じゃぁ、便利そうだし結婚しましょうか』って。『じゃぁ』ってなんだぁっ！」

「み、ミツキさん酔ってる？　もしかして酔っちゃってるっ？」

「酔ってません。腹を立てているだけです」

いやほんとに。怒りのあまりちょっとヒートアップしすぎただけですって。まだお茶はいいから。

「とにかくそんなわけで、むなしいだけのお話ですよ……」

「そ、そっか。ごめんねミツキさん」

「いえ、こちらこそ」

たださぁ、本気で何とも思っていない、ただの腐れ縁の異性のことを「そんなこといっちゃって実は好きなんじゃないのぉ？」なんてはやし立てられると腹が立つじゃないか。一、二回くらいは笑って聞き流せても、あんまり回数が重なると「しつけーんだよ！」と言いたくなるではないか。

でも、ミサさんはとんだとばっちりだったね。反省してる。

「それよりミツキさん」

それより？

「なんか、お客さん増えてるんだけど」

「あぁ。ほらここ、テレビがあるんで」

「なにかあるの？」

「ええ、人気番組の『世界の魔窟《まくつ》から』が始まるんです」

私も、これが見たくてわざわざこのお店のこの席を予約して来たわけで。

ギルドで見てもいいんだけど、ユリウスさんにバレるとイヤミ言われちゃうんだよ。あんなところ不潔だし不便だし、あなたのような甘ったれたれには無理ですよって。

別にさぁ、「私も行きたい！」なんて絶対言い出さないから、そろそろ安心してほしい。

「『世界の魔窟から』っていうのは、遺跡探索している人々のドキュメント番組です。昔は生中継だったんですけど、放送事故が多すぎて録画編集バージョンになりました」

「放送事故って、失言ってやつ？」

「まぁ、それもありますけど。キャンプ中に突然モンスターが襲ってきてメインアタッカーが倒れて阿鼻《あび》叫喚《きょうかん》とか、因縁のあるパーティーとエンカウントして、小競り合いが血みどろの争いに発展したりとか」

「う、うわぁ」

「あと、戦闘中に衣類がぼろぼろになって、見えてはいけないものが見えちゃったりとか……」

アイドル番組風に言うと「ポロリ」ってやつですな。

ただし、圧倒的に男性が多かった。ちっとも嬉しくない。……いや、たとえぽろっとしちゃうのが女性だったとしても、やっぱり嬉しくはないな、私は。

「今はそういうまずいシーンはカットまたはモザイク入ってるんで。お子さままでも安心して楽しく見られると好評なんですよ。あ、今日のゲストは『折れぬ牙』ですって」

「ミツキさん、あたしのことすごく子供扱いしてない？」

「してますが？」

「ひどいっ！」

おかしいな。ユリウスさんにされたことをミサさんにしているだけなんだけど。もしかして彼の教育方法にはなにか重大な問題があったのだろーか。（棒読み）

「ほらほら、始まりますよ。これ見て冒険者なんてヤクザな稼業につきたいなんて気持ちを根こそぎ吹き飛ばしましょうね」

「うぅ、ミツキさんのいじわる」

親心です！

◇◆◇◆◇

ちゃらっちゃちゃ～らちゃ～らら～……


テレビからお馴染み、「世界の魔窟から」のテーマ曲が流れてきた。

『みなさんこんばんはっ。「世界の魔窟から」、今回の放送は北西大陸ルヴェンナの遺跡、第五階層からお送りしますっ！』

息切れ気味のリポーターが、必死の形相で走りながらいつもの挨拶をする。

どうやら今日は、敵から追われているところからはじまるらしい。第五階層って、結構潜ってるな。

だいじょぶか？

まぁ「折れぬ牙」っていったらかなり名のあるパーティーだし、この番組の常連だもんね。実力は問題ないか。

『現在っ！　我々撮影チームはギルドの許可を得てっ、マスコミとして初めてっ、第五階層探索中のっ、「折れぬ牙」のみなさんとっ！　行動を共にしているのですがっ、一カメさんあぶないっ』

ざざざ、と画面が一瞬乱れて別の角度からのカメラに切り替わる。

『えー、今、一番カメラがやられました。撮影者は無事です。繰り返します。撮影者は無事なのでリポートを続行します』

『おい邪魔だっ！　頭吹っ飛ばされたくなきゃ伏せとけ！　キリル、準備できたかっ？』

『安全装置解除。カウント開始します。10、9、8、7……』

『ごらんの通りっ、我々は今、災禍《さいか》級の魔物との交戦現場にっ居合わせておりますっ！』

リポーターの女性が現状説明しつつずざざざ、と地面にスライディングする横を、羽をはやした妖精族の女の子がすり抜ける。

戦闘中だというのに一筋の乱れもない鮮やかなオレンジの髪。アゲハ蝶を思わせる華やかな衣装。

「折れぬ牙」のアイドル、キリルさんである。

キリルさんは、本来であれば魔力の固まりのような妖精族でありながらほとんど魔法が使えない、代わりに金属との相性がやたらいいという、いかにも、こう……。いかにもアレな設定持ちげふげふ、能力持ちのヒトなのだ。

『いきます。「追尾する鋼《デイア・フライシユッツ》」』

どどどどどど！

ぎゅるるるああああああああ！

大きすぎてカメラでは形さえとらえきれない魔物が、前足を無数の弾丸に貫かれ、体勢を崩してどぅっ、と倒れる。

うむ、さすが災禍級、倒れるだけでも迫力がすごい！

「み、ミツキさん、危ないシーンはカットされてるっていわなかったっけ？」

「大丈夫、さすがに死者がでるような戦闘は放送されませんから。……重傷者や行方不明者はちょいちょいでますけど。その後の消息も聞きませんけど、まぁ、カメラの前では死にません」

「あたしのしってる家族向け番組とちがう！」

地球基準で考えてもらっては困るよ？

この番組の売りは、普通に生きていたら一生体験しないであろう遺跡内部での戦闘を見せることなんだから、このくらいはもちろんアリなのだ。ってゆーか、ああいう大物は遺跡の中にしかいないんだから、番組的にはむしろ大歓迎だと思う。

おーおー、それにしてもリーダーのイジェットさんはいつ見てもおっきな……ビーバーなのかなぁ、アレ。登録データでは確かにビーバーの獣人ってことになってるんだけど。

『ワンとリットは後ろへ回れ！　サイは二人の護衛だ。おいてめぇら、どけっ！　踏み潰されてぇか！』

巨大ビーバーは自分の身長ほどもある分厚い盾をぶんまわして地面に突き刺し、転がっているリポーターを睨みつけた。そこをすかさずカメラがアップでとらえる。

もう、顔が凶悪すぎてビーバーに見えない！

『えーと、今ちょっと危なそうなので。カメラさん、下がりましょうか』

しっかしまぁ、どんなに邪険《じゃけん》にされてもリポートをやめないところに、マスコミの意地を感じるな。

「ミツキさんミツキさん」

くぃくぃ、とミサさんが私の袖を引っ張った。

あぁんもう、今いいところなのに！　早すぎて刃が見えないってんで「無刃《むじん》」なんて呼ばれちゃってるカッコイイ槍使いエルフのリオウさんが、魔物の左足に切りつけ終わってカメラ意識してクールなポーズ決めてたのに！

「なんですか？」

「あの人たち有名なの？」

んむ、ミサさんはこっちに来たばっかりだし、知らんのも無理はないか。

「ギルドでも屈指の老舗《しにせ》パーティーですね。魔銃使いのキリルさんをはじめ、重戦士でリーダーのイジェットさん、槍使いのリオウさん、魔導技術士のワンさんなどなど、花形冒険者十二名＋見習いさんで構成されてるんです」

「ほえー」

「彼らくらいになると、毛皮や骨、牙なんて眼中にないので、ああいう思い切った倒し方しちゃうんです。核《コア》だけ抜けばいいやって。あのくらいの魔物になると多分、五百万クレジットくらいの核がとれそうですねぇ」

「それって日本円でいくら？」

「一クレジットで一円五十銭ってイメージです。計算どうぞ」

「うえ？」

核というのは、いわば冒険者の飯のタネである。

遺跡内を徘徊《はいかい》している魔物だけに存在する謎の器官で、冒険者ギルドはコレを買いとって研究しているのである。遺跡の謎を解明するために。

ただし、あの核から何をどうやって読み取っているのかはギルドの秘中の秘ということになってて、職員であるはずの私も知らされていない。ぶっちゃけ、冒険者に遺跡を探索させるためのただのエサなんじゃないかな～、と思っている。

「んーと、七百五十万円！　え、すごくない？　大儲けじゃん」

「言ったでしょう、初期投資。さっきキリルさんが派手に撃ちまくってた銃。オーダー品だから本体価格が大体二百万クレジット、専用弾は一発二百ですよ。それを一回の発射で二百発使うんです。他にも食料やら武器防具のメンテナンス費用で、羽根が生えたように飛んで行くんです」

そしてそのお金は結局、武器防具屋を経営しているギルドの懐に戻る。どこまでもどこまでも、ギルドだけが潤うシステムなんだよなぁ。

やがて、ハーピーのリットさんの「久遠共鳴《ハウリング》」(「しばらく映像のみでお楽しみください」ってテロップが流れた！)で弱らせた魔物を、小人族のワンさんが「電気分解」(全体にモザイクかかっちゃった！)

して、戦闘は終了した。

「み、ミツキさん、あの向こうでなにが……」

「見えなくてよかったですよね。臭いも、画面越しだと届きませんし」

「あ、あたし、やっぱり学校行きたい！」

うんうん。

半泣きで「冒険者なんかヤだ」としがみつくミサさんの頭を、私は優しく撫でてあげた。

ククク、計画通り！

◇◆◇◆◇

翌日。

ミサさんを訓練所まで送り届けてから、少しだけ寄り道して（焼きたてパンの匂いにつられて、つい！）出勤した私を待ち受けていたのは、平均より不機嫌そうなユリウスさんだった。（あぁ、不機嫌度の平均がどんどん上がっていく……）

「召喚状が来ています」

差し出された紙をおそるおそる受け取る。なになに？

【ミズキ・アキノ。本日正午より、北西大陸ルヴェンナにて、特殊任務着任を命ずる】

「あー、これってもしかして、昨日放映してた……？」

「あの野蛮な番組を見たんですか」

「えぇ、見ちゃいました」

だって、数少ない娯楽番組だし。

だいたい、野蛮って言うけど、ユリウスさんは別に「命のやり取りを娯楽にするなんて……」な～んていう人道的な理由でアレを嫌っているわけじゃないよね。ただ単に、「汚いものを見せられる」のが嫌なんだよね。（ポロリとか）

「あ、それでですね。ミサさんがあんな生活イヤだって言い出しました。就職するにもまだ能力も発現していないので、とりあえず学校に入学したいそうですよ」

「それは結構」

つまり、あの番組見て「冒険者になりたい！」なんて言い出すとは限らないんですよ。むしろ「あぁ、おうちが一番だな」って実感するから。

だから、そろそろ解禁してもらえないでしょうかね？　私も大人だし。最近は編集してあるんだし。

「では話が早い。その後『折れぬ牙』の連中が厄介なものを見つけてくれましてね。転送装置では送れそうにないので、あなたが回収するようにと」

「はぁ、なるほど」

「……わかっていますか？　あの、魔物が跳梁跋扈《ちょうりょうばっこ》する場所に行けと言われているのですよ？」

「あ、はい。今日のお昼からですよね。ってことは、昼食はあっちで食べることになるのかな？」

行きつけのカフェのランチ、今日はチキンのシャンピニオンソースがけだった気がするんだけど。食べたかったなぁ。あ、そうそう、ミサさんは？

「ミサさんはどうしましょう？」

「シルヴァリエの家に預けます。もう、了承済みですから安心なさい」

「あぁ、そりゃミサさんすっごい喜びそう」

息子さんがもう、豆シバそのものだからね。うらやましい、むしろ私がお邪魔したい！

「ルヴェンナまではともかく、第六階層までは歩いて行かねばなりませんよ？」

「あのあと更に潜ってたんですか？　すごいですねぇ」

「護衛はつきますが、危険には違いありません」

「えぇまぁ、そうでしょうね」

「……本当に、わかっているのですか？」

いや、わかっているも何も、命令されたなら従うしかないでしょーが。もともとそういう契約だし。それともなにか？　私が行きたくないってダダこねたら行かなくて良いように取り計らってくれるんですか？（……って言ったら、ほんとにしてくれちゃいそうだから怖い）

「じゃ、支度があるんで戻ります。お昼前にエリスさんとこ行けばいいですかね？」

「十一時半までに支度を終えて、転送室に向かうように。出発前に荷物をチェックします」

「チェックって……。過保護！　私、もうすぐ二十四になるんですよっ？」

「私の十分の一も生きていないくせに何を大人ぶっているんです？　それに私は、あなたの身元引受人であり、戸籍上は養父ですよ」

うぐぅ、それを言われちゃ反論のしようが……。

「必要なものをリストアップしておきました。これ以外は全てあちらが用意します」

「……は～い」

「何でも持って行けるからって、調子に乗ってはいけませんよ？」

「はいはい」

「はい、は一回！」

「はいっ」

私はそそくさと別館から逃げ出した。

◇◆◇◆◇

冒険者ギルドはとにかく金儲けに貪欲である。まぁ、国家間のパワーゲームに介入して暗躍《あんやく》するためには一も二もなくお金が必要だからしょーがないよね。

一方、職員に対する補償《ほしょう》（「保障」ではないところがポイントね。損害が出ることは計算のうちなんだよなぁ……）とか、福利厚生《ふくりこうせい》が割としっかりしていたりもする。反乱起こされないようにって意図が見え隠れしてはいるけど、ありがたいことです、はい。

そんなわけで、部屋に戻ると、今回の任務用に特別に貸してくれるというインナーが届いていた。

光沢のある白いタートルネックの七分袖マイクロミニワンピと、おそろいの白タイツ。

着てみるとちょっとマヌケに見えるが、これは体感温度を常に一定に保ち、軽いのに鎖帷子《くさりかたびら》程度の防御力があって、おまけに浄化魔法まで掛かっている、という、冒険者にとってまさに垂涎《すいぜん》のアイテムなのである！

確かお値段も素晴らしくお高くて、これ一式でちっちゃなおうち一軒買えちゃうはず。どっちかっていうと贅沢品だからね。なくても困らないけど、あるとすっごくうれしい、みたいな。

こんなものを私のような小娘に気前よくポンと貸してくれるあたり、太っ腹ぁ！　と思わなくもないが、遺跡内通信料のギルド負担額は上限制なので、ほんとよくわかんない。基準が。

この上からシャツを着てぇ、ネクタイ締めてぇ、ロイヤルブルーの膝丈スカートとニーハイを穿いてぇ、同じ色のコートを羽織ってぇ、ベルトを締める、と。

あー、久々に戦闘用制服着たわー。

戦闘用であるからして、ユリウスさんが普段から着用している内勤服に比べると、デザインはより軍服っぽい。いやむしろ軍服そのものと言っていい。

ちょうど心臓の真上に、リンゴに巻き付いて噛みつく蛇の紋章《もんしょう》が縫いつけられている。

もうね、完全にどっかの悪の組織ですわ……。世界征服する気満々ですわ……。まぁこれは、内勤服にもあるんだけどさ。

こんな紋章使ってる時点で冒険者ギルドは開き直りすぎだとおもうんだ。どう見ても「目的のためには禁断のリンゴを食すのも辞さず」、と言わんばかりじゃないか。

ギルド創立者のアルフレドさんは地球出身だったらしくて、至る所にこう、なんつーの？　地球の宗教的にソレっぽいモチーフが使用されてるんだよなぁ。

でもこの紋章すごいんだよ。なんと体力とか傷とかを継続的に癒して、なおかつ身体能力もアップしてくれちゃう魔法付き。

無論、金勘定にこまか～いギルドからの支給品なので、個人的にこの機能を使おうとすると一分あたり五十クレジットの「魔法ライセンス料」が発生するんだけど、今回は何といっても任務なので使いた い放題。わーい、なんだか得した気分！　やったね！

普段は着用義務がないから内勤服でさえ着ないんだけど（だってカッチリしてて息苦しいんだもん）、外での特殊任務に就くときだけはね。この機能ないと私死んじゃうからね。

最後に、「絶対に足を疲れさせない」ブーツ（人体構造学とスポーツ医学の知識に基づき、高性能コンピューターによって設計されたハイテクの結晶）に足をつっこんで。

手袋……はとりあえずバッグに入れとくとして、帽子はいいや。「鞄」に放り込んどこう。

さーて、あとは。

ハンカチと、タオルと、ティッシュ……は箱ごとでいいか。

それからタブレットに、愛用の枕、ってゆーかもう面倒だしベッドごと持って行こう。調子に乗るなって怒られるかな？　ついでにタンスとクローゼットも入れちゃいたいんだけど、だめかな？

……………。

………………。

……………………。

ぴぴぴぴぴぴぴぴ
「はっ！」

アラームの音に正気に返って部屋を見回せば、はじめから備え付けられていた備品以外、部屋中の物が根こそぎなくなっていた。

え、ナニコレ引っ越し？　なんでカーテンすらないの？　あ、そっか、大怪我した時に布が必要かもって思ったのか。我ながら用意がいいな！　あはははは、はは、は……。

……なんかさぁ、どうも私、能力使ってるとどんどんハイになっちゃって、見境なくなるみたいなんだよね。元々、旅行用の荷物は他人より大きくなってしまう方ではあったんだけど。でもこっちに来てから、明らかに悪化している。副作用的な現象なんじゃないかな。

とにかくちょっとでも「要るかも！」と思ったらなんでも取り込んでしまうのは、やっぱりまずい癖だよなぁ。これだから、「暴食」なんて言われちゃうんだなぁ。（がっくり）

ま、まぁ、部屋に入られなければバレないはずだし、いいか。

◇◆◇◆◇

転送室には、約束の時間の二分前だというのに既にイライラした様子（二分前じゃ不満ですかそうですか）のユリウスさんと、いつも通りきゃわゆいエリスさんがいた。

この二人、業務上と能力上の都合で一緒にいること多いんだけど、ほんっと対照的だよな。エリスさんの癒し系オーラが少しは移ってくれてもいいのに。

「お待たせしました」

「まだお二人のお約束の時間まで七十九秒ほどあります。大丈夫ですよ」

「ですよねー！」

さすがエリスさん。ユリウスさんが何か言う前にフォローしてくれた。なんてできたロボットさんだろう。

ユリウスさんは一瞬片眼鏡に触れて（これは、かる〜くイラついた時の彼のクセである）、それからふ、と息を吐いた。おぉ、癇癪《かんしゃく》を飲み込んだか？

「まぁいいでしょう。どうですか。リストに挙げた物はすべて入っていますか？」

「はいってま〜す」

「では、余計なものは入っていませんか？　必要なものを咄嗟《とっさ》に取り出せなくなりますよ？」

「だいじょぶでーす」

トラベルバッグを取り出して、記入済みのチェックシートと並べて見せる。さすがに中身まで出す気はないけど、ちゃんと仰せの通りの荷造りをしましたよアピールである。

ふふふ、こんなこともあろうかと、あらかじめ最低限のものはここにきちんと詰めておいたのさっ。

そこからついつい暴走が始まって、結局家具ごと取り込んでしまったわけだが。

バッグの上から下まで視線をさっと走らせたエリスさんが、こくりとユリウスさんに頷いた。

「ふむ。問題ないようですね」

……サーチされたらしい。

信用の無さに泣くべきか、エリスさんの機能の高性能さに驚くべきなのか。

「ミズキさん、ユリウスさまはご自分の居ない場所でミズキさんが不自由な思いをしないようにと心配しておいでなのです」

「勝手なことを言わないでください、エリス。この子が調子に乗ったらどうするんですか。私は、ギルドの『財産』としてのミズキの身を心配しているだけです」

「なるほど、これがツンデレというものなんですね、エリスさん」

「そのようです、ミズキさん。このジャンルに関してはわたしもまだデータ不足で、曖昧な判断しかできませんが」

「二人とも、ふざけている時間はありませんよ。エリス、向こうとの調整を始めてください」

「了解しました。では時間まで隣のコントロールルームにおりますので、今しばらくご歓談ください」

「ご歓談っ？」

私とユリウスさんだけでご歓談とか、難易度高いっす。お説教が関の山です。

「どうせあなたのことですから余計なものを隠し持っているのでしょうが。いいですか、遺跡内は狭い通路もあるんですからね。そんなところで家具なんて取り出してはいけませんよ」

ほらね。

「ナ、何言ってるんですかそんな馬鹿なことそうなんどもくりかえすはずないじゃないですかやだなー」

「本気で誤魔化そうとすらしないんですね」

手抜きにもほどがある、とユリウスさんは私の額をピンと弾いた。いたたた！

「私の家から引っ越す際に、家ごと取り込んだくらいですからね。家具くらいならかわいいものです。でも、できるかぎりこのバッグの中身だけでやりくりするんですよ！」

そこから、力を持つ者は何よりもまず自制を覚えねばならないとかうんたらかんたら、ありがたいお説教がしばらく続いたが適当に聞き流す。

んな三年も前のこと、もういいじゃないですか許してくださいよ。家だって、ちゃんと戻したじゃないですか。そりゃちょっとだけ、基礎とズレちゃったけどさ。

「いいですか、護衛の言うことにはきちんと従うように。いよいよ危ないとなれば、自分の身の安全の確保だけ考えなさい」

「はぁ……」

「自分にも何かができるかも、などと愚かなことはくれぐれも考えないように。あなたの戦闘能力はむしろマイナスです。邪魔です。今回の任務は、あなたが目標物を回収して、無事に帰ってくればそれで成功なんですからね。おとなしく守られ、逃げるように」

う、うん。わかりにくいけど、これはきっと私を心配してるんだと思う。たぶん。おそらく。

「以上。行きなさい」

「行ってきます」

「……気を付けて。エリス、時間です」

『転送します。非対象者は転送者から離れてください』

「え、あ」

私の左胸の紋章が光って、転送陣が足元に顕《あらわ》れた。視界が真っ白になる。

ちょっとちょっと、唐突すぎやしませんか?

あぁもう、せっかくユリウスさんがわかりやすくデレたのにぃっ!

◇◆◇◆◇

「『暴食』のミズキ・アキノ殿。ようこそ、北西大陸支部へ。支部長のゴレイヴであります！　このたびは我が支部へのご協力、感謝いたします！」

転送室から出たとたん、偉そうなおじさんに敬礼された。

偉そう、というか、貫禄《かんろく》があるって感じ？

全体的にずんぐりしていて、おなかが一際ぽっこりしてはいるんだけど、下品さを一切感じさせない。いかにも、若い頃は第一線で活躍しました、みたいな雰囲気のヒトだ。

耳の形から言って、ドワーフさんだろうか。お髭も立派だし、たぶんそう。わー、あっちも正装してるよ。カーキ色だよ。あぁ、ますます軍隊気分……。

見よう見まねで敬礼を返すと、彼は鷹揚《おうよう》に頷いて私を案内し始めた。え、支部長自ら私を？　こんなご丁寧に扱われると、かえって肩身狭いわぁ。

「有名な『暴食』殿がおいでになると聞いて、ギルド内が少々騒がしいのです。至らぬ点がありましたらお許しください」

ぼうしょくどの……。なにげに心を抉《えぐ》る呼び方だな、ソレ。やめてくんないかな。

「いえ、どうぞお気遣いなく。名前に釣り合わない未熟者でお恥ずかしいです。どうぞ、ミズキと」

支部長さんは、ふっと表情を柔らかくして頷いた。

あー、なるほど。特別扱いされているワガママ小娘を想定してたんですね。うっかりへそ曲げられたらめんどくさそうだから大人になって御機嫌とろうと。道理で転送室の人たちがおどおどしてたわけだ。

いやいやご安心ください、私そんな度胸無いんで。っつーかギルド別館職員一同、あんまり自分の能力好きじゃないんで。

「これは失礼、ミズキ殿。実はすでに護衛の冒険者が到着していましてな。先にご紹介したいのですが、昼食は、まだ大丈夫ですか？」

「あ、はい。大丈夫です」

「それはよかった」

エレベーター（というか、短距離転送陣なんだけど）に乗って三階のミーティング室に通された。

このミーティング室というのは、パーティーのマッチングや、もめごとの仲裁によく使うお部屋である。利用目的が目的なので、リラックスできるようにどのギルドも上等な家具を贅沢《ぜいたく》に配置していて、いわゆる応接室も兼ねる。

応接室なんて普段使わないものを作るより、汎用性の高い部屋に投資をしようという方針なのだ。変なところで現実的すぎる。

ちょっとの無駄は、余裕を生み出すからむしろ大事なのだと聞かされて育った身としては……うん。いや、経費削減《さくげん》て大事だけどね。

「彼は有名な冒険者ですが、少々愛想が足りんのです。しかし腕は確かなので安心してください」

う、それはつまり、無愛想なんだよね？　やだなぁ、気まずくなったらどうしよう。

そんな私の杞憂《きゆう》は、ドアを開けたとたんに吹き飛んだ。だってだって！　中にいたのは。

柔らかそうな金色の髪の間からぴこっと飛び出すねこみみ！

世界のことなんかオレが一番よくわかってる、と言いたげな皮肉っぽい瞳！

思春期真っ盛りのおとこのこ！

「ルークくん！」

「ん。ヨロシク」

愛しのるーきゅん、だったんだもの……！（きゅうううん）

EXTRA 3

ミサの通う冒険者ギルド戦闘訓練所には、午後になるとわらわらと子供たちが集まってくる。

冒険者の誰かと楽しそうに稽古する姿を見て、てっきり遊びに来ているのだと思って微笑ましい気分に浸っていたのだが、どうやら違ったらしい。

彼らはここに、剣術や魔法を学びに通っていたのだ。月謝を払って。

たまたまその受け渡し場面を見てしまったミサは、思わず「うぅん」と唸った。ミツキではないが、冒険者ギルドの商売っ気にはほとほと感心してしまう。そしてちょっとガッカリした。

だって、英雄に憧れる子供たちに気のいい冒険者さんがコッソリ稽古をつけてやっている、という構図の方がどう考えても。うん。そっちのほうがなんか絶対、イイ。

それなのにげんじつってせちがらい。ゆめもきぼーもない。

「どうした、ミシャ。遠い目をして」

「あ、せんせー」

ミサはこの教官の名前を知らない。初めて会った日に聞いてはみたのだが、彼女は困ったような笑顔で「教えられない」と断ったのだ。

この世界にはなるべく、自分の痕跡《こんせき》を残したくないから、と。

そんなわけでミサは彼女を「せんせい」と呼ぶことにした。

「ミツキさんがこの前こ～んな顔で、『ギルドは金の匂いに敏感なんです』って言ってたの、思い出しちゃって」

こ～んな顔、のところでミサは、わざと目をそらして曖昧に笑ってみせた。渾身《こんしん》のモノマネである。

「ぶはっ」

教官は噴き出しながら「に、似てきたな」とほめてくれた。

「ミシャは、ミズキとうまくやっているようだな」

「はい、すっごく！　ミツキさん、たまにいじわるだけどほんとは優しいんです。ミツキさんがいてくれてほんとによかった」

たまに意地悪なのもきっとアレだ。照れているのだ。あと、自分を甘やかしすぎないようにと、突き放すためにわざとやっているのかもしれない。

ほんとはきっと、もっと普通に優しくしたいに違いない。

「……ミシャは良い子だな」

「えへへ？」

なんかよくわからないけど頭を撫でられた。うれしい。

ミサは、優しい言葉の裏など考えない。その方が幸せに生きられることを、彼女は本能で知っている。実は賢いのかもしれない。

「まぁ、ミシャは運が良い方だと思うぞ。ミズキが来た時など、ユリウスに引き取られてなぁ」

「一緒のおうちに住んでたって聞きました！　ユリウスさん、お料理上手だったって」

「だがアレは、他者にものを教えられるような男ではない」

教官の声のトーンがあからさまに一オクターブ下がった。

「ふぇ？」

「ユリウスは完璧主義者でな。自分に厳しく他人に厳しい。なまじ有能なばかりに、常に周囲に対して『なぜこのくらいのこともできないのか』と憤りを感じているんだ。ミズキは苦労したと思う」

それは、ミサとてなんとなく気付いていた。

あのヒトが美形じゃなくて脂ぎった小太りハゲかけのおじさんだったら、簡単に嫌な上司ランキング第一位を獲得できそうだ。

ユリウスが現れると、ほんわかした受付カウンターに妙な緊張感が走るので、できればずっとオフィスに引きこもっていてほしいな、とミサは思っている。

「ミズキの能力が発現してからは特にな。まぁ、アレも必死だったのだろうよ。なにせ、ミズキを処分対象にという話もあがっていたからな」

「えっ？　え、なんで？　なんでも入っちゃう便利な鞄なんですよね？」

ミサにとって、ミツキの能力は終業式の日に手ぶらで帰れて楽そう、くらいの認識しかない。それから買い出しとか、引っ越しとか。

「あの鞄は理論上、ミズキが手で触れて念じるだけで何でも取り込めるからな。例えばギルド本部や城、そして生き物も運べるだろう。それをミズキが望めばだが」

「え、でもそれ、便利ですよね？　タクシー的な」

まぁな、と頷く教官の表情は、思いのほか深刻である。

「ただし、取り込んだままミズキが出そうとしなければ、水も食料もない空間でそのまま衰弱死することになるぞ」

「え、あ。そうなんだ」

「実は、私はミズキの鞄の中に入ったことのある唯一の人間なんだ」

「えええええ！」

「鞄の中には空気もあって温度も快適ではあったが、二度と入りたくないな」

「怖かったんですか？」

「怖い？　……あぁ、そうだな。そう、怖かった。真っ暗で、上も下もないんだ。足を動かせば進んでいるような感覚もあるが、一所に留まっているようでもあった」

よくわからないが、それは例えばルームランナーのようなものだろうか。

ミサは想像してみた。

真っ暗な部屋で、ひたすらルームランナーに乗って歩き続ける自分。

……不毛すぎる。たぶんミサなら三十分もたない。

「なんか、それはヤだなぁ。せんせ、どのくらいがんばったの？」

「大体一日だ。本来なら三日間の予定だったが、ミズキが途中で体調を崩してな」

お蔭で早めに出られて、正直助かったよ、と肩をすくめる。

「私の【第六感】を最大限駆使しても、脱出はかなわなかった。時間の感覚も曖昧で、自分が疲れているのかどうかさえ、あの空間では定かではないんだ。期限付き、という条件があったから狂わずにいられたのだと思う」

ミサは、今度は「狂いそうな恐怖」というものを想像しようとして、やめた。そういう難しいことには、自分は向いていない。それに、想像できたらできたで自分が狂ってしまうかもしれないではないか。

ミサの様子からなんとなく感じるものがあったのか、教官は「それでいい」と笑ってくれた。

「そもそもギルドの一番の懸念はそんなことでもなくてだな」

「もっとすごいことできちゃうんだ？」

「いつかこの世界ごと飲み込むのではないかと、ピリピリしている連中がいる」

「まっさかぁ」

「冗談だったら良いのだが。ミシャも一応、心に留めておきなさい。ギルドはなかなか恐ろしい組織なんだ。唯一の目標のために作られたものだから、迷いがない。不利益と判断すれば自分の手足さえも切り落とす」

「んー、それは、ミツキさんも言ってた気がするけど……」

しかしミサはまだ「幸せなこども」なので、ミツキや教官がふと会話の節々で匂わせるギルドの闇というのが、どうしてもピンとこない。

ミサにとってのギルドは今のところ、いきなりトリップしてしまった自分を拾って、衣食住を保証して、帰る方法も探してくれているありがたい組織でしかないのである。

「今のところ、ユリウスが生涯監視をするという契約でミズキは生かされているんだ」

「え、ユリウスさんが？」

ここでなぜか、……本当になぜだかわからないが、一瞬にしてミサの中である図式が完成した。

生涯監視する↓一生見てる↓君だけを一生見つめていたい↓ぷろぽぉず！

「わぁ。それってプロポーズみたいですね！」

「そ、そうか？」

教官はドン引きしているようだが、今やミサは確信していた。不思議なほど、自信があった。そう、そうなのだ。ユリウスは間違いなくミツキを愛しているのだ。なるほどあの……の意味はつまり……。

「ミシャ？　ミシャ、大丈夫か？」

「あ、え？」

頭の奥の方で「何か」がすっとよぎった気がしたのだが、肩をゆすられて正気に返る。途端に、先ほどの「何か」が薄れてしまった。

「ミシャ、あー、なんだ。お前の年頃なら何でも恋愛に結びつけても不思議はないが、ほどほどにな」

「あ、はい。でもあたし、ミツキさんには幸せになってほしいから、ユリウスさんでも簡単には渡しませんよ！　ミツキさんはあたしのおねーちゃんなんですから」

ふふん、と胸を張るミサに、教官は曖昧な顔で頷いた。

「……ミズキがなぜお前をあんな目で見るのか、今わかったよ」

「えへへ。姉妹みたいですか？」

「まぁ確かに、妹というのはそういう存在なのかもしれないな……」

「でしょう！　ほんとにおねーちゃんがいたらあんな感じかなって、いつも思うんです」

「そうか、よかったな」

話がかみ合わぬまま、二人はそこで別れた。一人は次の生徒たちの元へ。一人は、ミツキと待ち合わせたロビーへ。

ミサがミツキの不在を知ったのは、その少しあとのこと。

第三章

守護者と魔物と巨大ロボ

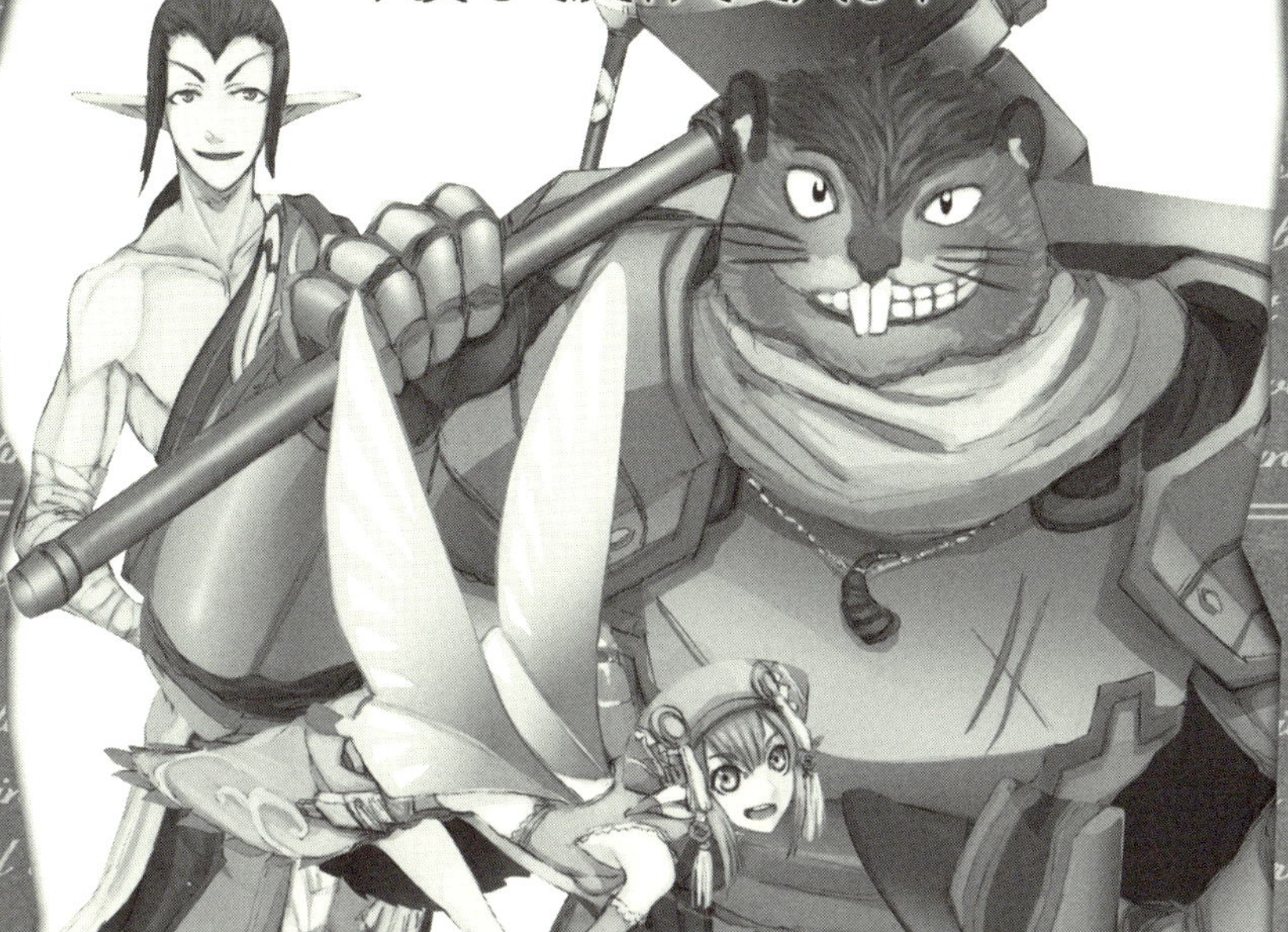

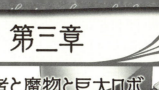

「では、遺跡№05、通称『塔』への転送を開始します。御武運を」

合成音声によるカウントダウンが始まった。

遺跡への転送は、魔法ではなくテクノロジーによる転送なので、少々時間がかかる。装置の準備ができるまで、カプセルの中に横たわってしばらく待つ時間が必要なのだ。

魔法も進みすぎた科学も、仕組みをよく理解できないこちらとしては違いがわからんし、はっきり言って身体を拘束されない魔法的転送の方が楽なのだが、これればかりはそうはいかないらしい。

それは、遺跡が不思議な力で魔法を跳ね返すからとか、理屈に合わない磁場《じば》がなんちゃらとか、そういう小難しい理由からではなく。いやある意味小難しいというかややこしいんだけど。

……利権の、問題なのだ。

魔法による転送陣は、この世界の生まれの人でも使えなくはない。

もちろん魔法の習得には時間が掛かるし、とにかく才能次第なので使える人間は限られているけれど、不可能ではない。

しかしギルドとしては、遺跡を独占したいので、他ルートから侵入されたくない。

そこでギルドは、遺跡内における魔法転送を全てジャミングするという、思い切った手段に踏み切ったのである。その方法は極秘だけど、たぶんそういうことができる人材がギルド内にいたんだと思う。

なんせ異能持ちの集団だからな。

あ、表向きは「遺跡内では『なぜか！』転送魔法『だけ』が使えないみたい。ふしぎ！　ざんねん！」

ってことで押し通してるけど、これ、公然の秘密なんで。

たまにデモが起こるんだよね。「貴重な遺跡を独占するギルドの横暴に～、はんたぁい！」とか。

まぁ、一応ギルドに所属するモノとして弁護するとだね、遺跡に入れるようになるまで、ギルドはすっごい犠牲《ぎせい》を払ったんですよ。人材的にも資金的にも時間的にも。

元々入口も無くて、燃やそうが爆破しようが傷一つつかなかった遺跡に、必死こいて穴開けたわけですよ。

そしたらなんか、「守護者《ガーディアン》」ってのが出てきちゃってですね。ギルドVS守護者の戦いは、実に二カ月に及んだそうな……。

犠牲者もたくさん出て、なんかもう、世界の片隅で最終戦争勃発《ぼつぱつ》、という有り様だったらしい。遺跡の周辺だけラグナロク、みたいな。

これを実に、六回繰り返したのだ。ちなみに、まだあと二回やるつもりらしい。

そもそもこの世界の人々にとって、遺跡は「なんか知んないけど、巨大で邪魔なものがあるよね～」くらいのガラクタに過ぎなかったわけで。ギルドが「落とされモノ」との相関関係に気づくまで、遺跡なんぞに興味を示すのは暇人か変人、という扱いだったのである。

金になりそうだとわかった途端に群がって来やがって！　散れっ、散れっ！　ぺっ！　というのが、ギルドの主張なのだ。

「お疲れさまでした。遺跡№05、通称『塔』への転送が完了しました。固定バンドが外れますが、ポッドが開くまでしばらくそのままでお待ちください」

おっと、遺跡の中に着いたらしい。

いやー、テクノロジーによる転送は初めてだからちょっと怖かったんだけど、魔法とあんまり変わらないんだな。手間が掛かるだけで。

ポッドから出て恐る恐る自分の身体を確認する私を、るーきゅんは「なにしてんの？」と言いたげに眺めている。

いや、ほら……。転送の途中で異物が混入とか、そういう怖い想像したりするんだよ、地球人としては。映画とかの影響で。

「あっそ。じゃ、気がすんだなら行くよ」

るーきゅんはいかにもどうでもよさそうに頷いて、さっさと歩き始めた。あぁ、歩くたびにふりんふりんと揺れるしっぽが愛おしい。

いや、けっしてセクハラ的な意味ではなく。私は「動物のしっぽは世界で一番愛《め》でられるべきものだと思うの会」所属なので！　うぅ、真ん中あたりをきゅってしたい。

そんな私の気持ちにも気付かずに、るーきゅんは「あんたと一緒だと、身軽でラクだね～」などとかわいいことを言いながら進んでいく。「ま、あんた自身が一番のお荷物だけど」だってぇ。きゃぁきゃぁ、生意気かわいい！

これね、この気持ち。同年代だったら絶対湧かなかったと思うんだ。多分本気で「この無礼者がぁっ！　しっぽ引っこ抜かれたいんかコラぁ！」って腹を立てていたに違いない。

あぁ、るーきゅんが年下で、本当によかった……。大人の余裕で、なんでもかわいいに変換できちゃうよ、今なら。

「あんたには援護とか期待してないから、魔物が出たら絶対前に出ないでね。うっかり怪我されたら迷惑だし」

「うん。ありがとルーク君」

例えばほら。お礼を言ったらぎょっとしてふりかえるその顔。かわいい。

「何言ってんの？　オレの話聞いてた？」

「うん。私が戦うの得意じゃないから、ルーク君が守ってくれるってことでしょう？」

「それが仕事だからだよっ！」

「うん」

そして、顔を赤く染めて、少し乱暴にずんずんと歩き出す後ろ姿。かわいい。

はうぅ、甘酸っぱい。これよこれ、このやりとりが今の私の日常に欠けてるわけよ。あぁもう、るーきゅんは私に青春を思い出させてくれる天使に違いない。これだから、どんなに「変な女」と罵《ののし》られても、私はるーきゅんがだぁいすきなんだ。

ところで。

そんなかわいいるーきゅんは、元勇者様である。

大きな部族の族長さんとこの末息子として生まれた彼は、三歳の誕生日に「この子はいずれ世界を救うだろう」な〜んてご大層な予言をされてしまったという。

なんでそんなちびたんに過酷な使命を負わせるかなー。

一族の期待を一身に背負ったるーきゅんは、十二歳にして魔王退治の旅に連れ出され、十四歳で見事討ち果たした。らしい。

本人があまり詳しく教えようとしないので（話したくないのではなくて、クールぶっているのだ）、これは少ない情報をつぎはぎして組み立てた、私の、私による、私のためのるーきゅん史でしかないが。

とにかく、やっと懐かしの故郷に帰ろうというその矢先にこっちの世界に落とされてきちゃったってんだから、るーきゅんも運が悪い。

十二歳の子供にとんでもない使命を背負わせて送り出した故郷の連中ってどうなのよ、と思わなくもないけれど。それでも、きっとご両親や友達のもとに、帰りたかったんじゃないかなぁ。

まぁとにかく、るーきゅんは正真正銘、魔王を倒したことのある勇者様なのだ。

だから、強い。自分の三倍くらいの大きさの魔物なら一瞬で倒してしまう。

たった今も、曲がり角から前触れもなく飛び出してきた紫色の何か（鱗《うろこ》で覆われてるサイのようなイキモノ）を、ろくに見ることもせずに切り伏せてしまった。

こうもあっさり倒しちゃうと、こう、なんとゆーか。魔物に対して、もし君が待ち伏せしていたつもりだったのなら、ゴメン？　みたいな気持ちになるなぁ……。

るーきゅんはぐりぐり、とその魔物のおなかをふんづけてアタリをつけると剣で一突き。そのまま手首をひっくり返せば、不思議なことに核《コア》がひょいっと飛び出してきた。

なんて器用な！　さすが【剣聖】！

核を空中でキャッチしたるーきゅんは、そのまま肩越しにこちらにそれを放ろうとして……ぴたり、と動きを止めふり返った。

「アンタ、平気なの？」

え、なにが？

あー、いや、一応年上として、十六歳の男の子一人に戦闘を任せきりで突っ立ってるのは申し訳ないような気もするけどね。さっきキミが言った通り、お仕事だし。

「そうじゃなくてさ。魔物見てビビったり、しないの？」

「あー。うん。テレビで見てたせいか、特には……」

突然後ろから襲いかかられることがあれば悲鳴くらいはあげるだろう。

あと、音には結構びっくりしてるんだ。鳴き声とか、やたら響く足音とか。でも、そうだなぁ。

「少なくとも、倒れてる魔物は別に怖くない、かな」

むろんそれは、るーきゅんの腕を信じきっているから、というのもある。万が一にもコレが起きあがって襲ってくることなんてない、と。

でも一番の理由はたぶん、無臭だから、ではなかろうか。少なくともこの空間に血臭は感じない。あえて言うならうっすらと、水みたいな……それも、なんだか蒸留された水みたいな匂いが……。

だから不謹慎《ふきんしん》かもしれないけど、よく作られたアトラクションのように思えてしまって。

「あっそ。なら、いいけど。面倒がなくて」

心配してくれたくせに一言余計に付け足さずにいられないるーきゅんは、それでも核についた体液を自分のマントの裾でぬぐってからこちらに放り投げた。

きゃっち。

「こんなちっさいのまで集めたがるなんて、ギルドってめんどくさいよね」

ちっさいのとおっしゃいますが、これでも三万クレジットくらいの価値はあるよ？　なかなかの金額だよ？　……やはり、若いうちから稼ぎがよすぎると一円を笑うタイプになってしまうのだろーか。

「あ、説教とかイイから。そういうのウザい」

う、顔に出てたか。まぁ、私に言われるまでもなく、もっと人生経験豊かな方から似たようなこと説かれてるんだね。じゃぁ私の出る幕はないわ。

「うんまぁ、お金は大事だよ」

「あっそ」

るーきゅんは肩をすくめてまたすたすたと歩き始めた。

あぅ、待ってぇ！　そりゃ、制服で随分底上げしてるって言ってもおねーさんふつーの二十三歳受付嬢だから！　歩調緩《ゆる》めて！

「えっと、ルーク君。今日はどのあたりまで進む予定なのかな？」

「『神殿』」

「へ、へぇ～。あれ、確か『神殿』って、ガイドブックによると三階層の結構奥の方にあるんだよね？」

昨日の夜、ゴレイヴさんにもらった本で予習したからちゃんと覚えてる。ルヴェンナの遺跡は雲を突き抜けるほどたか～い塔の形をしていて、ギルドが突貫した穴はその二階層部分。

私たちが転送されたのもその穴のすぐ外にある警備員詰所（遺跡から魔物が出てこないように見張っているのと同時に、外部から勝手に入り込まれないように見張っている）だった。

平均的なパーティーが一つの階層を探索する所要時間は、二～三日、と書いてあった気がするんだけど。おかしくない？　計算合わないよね？

「今回はほぼ手ぶらなんだし、最短ルートで、戦闘に時間かけなけりゃ行けるんだよ。ほら、いいから足動かして」

ひぃ、厳しい。そりゃ、体力の問題はクリアしてるけど気力が、気力がっ！

あ、いや、るーきゅん見てると不思議なくらい湧き出してくるから大丈夫か。案外それを見越しての人選だったりして？

◇◆◇◆◇

「ついたー！」

「……うるさい」

短い休憩を挟みつつひたすら歩いて走って約九時間。

さすがに疲れた。実際に身体が疲れているかどうかとは関係なしに感覚的に疲れた。なんつーか、素人にはキツすぎだよね。これ、るーきゅんと一緒じゃなかったら絶対リタイアしてたわ。

ようやくたどり着いた「神殿」は、まさに神殿だった。

そもそも「神殿」というのは、各遺跡のどこかにある特殊な部屋のことを指す名詞である。遺跡によって形は様々で、ただの洞窟だったり、霧に包まれた空間だったり、船みたいだったりするらしい。共通する特徴は、その内部にいる限りは何をしても魔物が寄ってこない、という点である。まぁつまり、聖域みたいなもんだよね。

それがなぜ、どれもこれも一括《くく》りに「神殿」と呼ばれているのかというと、まさにこのルヴェンナの遺跡の「神殿」こそが、最初に見つかった「神殿」だからである。あぁややこしい。

つまりこの部屋がいかにも神殿っぽかったので、聖域のことを「神殿」と呼ぶ慣例《かんれい》ができた、というわけだ。これは、「神殿」というシステムの第一発見者の功績に対し、敬意を払うために定められたことらしい。

天井が高くてだだっぴろ〜い、真っ白な部屋。左右に、等間隔に白い石の柱が立ち並んでいて、一番奥に大きな女性の像が立っている。

微笑みをたたえて、両手を優しくこちらに差し出して。

魔物だらけの建物で逃げ惑う中こんなの見つけたら「女神さまぁっ！」って思うよな。しかもほんとに安全だから、「女神さまが守ってくれてる！」って気がするよな。

発見者はギルドからたんまり特別報酬をもらって、冒険者稼業を引退した。でもって、女神を讃《たた》える宗教を興《おこ》した。

本人はすでに寿命で亡くなったらしいが、その遺志《いし》を継いだ（と主張する）人々が、「ルヴェンナの遺跡の探索は神への冒瀆《ぼうとく》だ」とかなんとかめんどくさいこと言い出したもんだから、さぁ大変。

最近不景気なせいか、ま〜たうるさくなってきたらしいし。そろそろイラついてるギルドがなんかしちゃうんじゃないかなー、と思ったり思わなかったり。

と、まぁそれは私の知ったことではないな、うん。関わらないですむならそれが一番。

それよりも一息ついたらお腹がすいた。腹ごしらえをしよう！　るーきゅんは育ち盛りのオトコノコだし！　よーし、おねーさん最後の気力をふりしぼってつくっちゃうぞ。

冷蔵庫（電気ではなく冷気の魔法式なので、ちゃんと機能している）を取り出して中身を確認。あーぁ、こんなことならちゃんと買い出ししとくんだった。

それでも、よく食べるミサさんの為に最低限の食材は揃っている。

「ルーク君、何食べたい？」

特に希望がないなら、簡単にカルボナーラとかでいいかな？　ベーコンでしょ、卵、生クリーム、にんにく、材料はバッチリ揃ってるし。

「……あのさ」

あー、機材先に出しておくか。簡易IHヒーター二個と、フライパン、お鍋、あ、忘れちゃいけない湧水《ゆうすい》魔法つきの水筒。まな板、包丁……。

「あのさ。アンタ、この任務ナメてるよね？」

るーきゅんが呆れたような目でこちらを見ている。いや、うん。遺跡内での食事といえば普通保存食だよね。それは知ってる。

知ってるんだけど、でも、持って来ちゃったんで。

「明日からはレトルトにするから。今日はほら、ルーク君のお蔭で安全な部屋に来られたんだしさ。せっかくだからちゃんとあったかい物食べようよ？」

さぁ、何食べる？　一般的な食べ物だったらなんでも作るよ？

張り切ってもう一度尋ねれば、るーきゅんはため息をつきながらも、「ドリア」と小さく呟いた。

ドリアとなっ？

「ぐ、グラタン皿、もってない……」

「あっそ。じゃぁなんでもいい」

ぐあぁ、なんてことだ私のバカアホマヌケ！

「ごめんねルーク君。考えてみたら私、オーブン料理は作ったことなかった。今度練習しとくからね」

「まぁ、ある意味期待通りだったよ」

……い、い、今のは堪《こた》えたぜ。

「だいたいさぁ、この中に料理道具持ってくる方がオカシイから。言っとくけど、この部屋以外では許さないからね」

「うん、わかってる」

魔物は熱を感知して寄ってくるから、必要以上の熱を出してはいけない。だから普通、食事は割高なレトルト（パッケージの真ん中を押すと一瞬で中身があったかくなる）か、お金がなければ昔ながらの干し肉や乾パンになる。

そうじゃなくても、冒険者というのはとにかく荷物を最低限しか持ち歩かないものである。冷蔵庫だのＩＨヒーターだの、こんなかさばるもの持ち歩くようなアホは確実に死ぬ。

ほんっと、過酷な商売だよなぁ。よかった、私、受付嬢で。

「えー、じゃぁそういうわけでカルボナーラになりました。食べられない食材は？」

「何でも食べるよ」

そうなんだ。よかった、にゃんこだけどにんにくイイんだね？　抜きにしても作れるけど、やっぱり香り付けに入れたかったんだ。

ヒーターの片方でお湯を沸かし、その横でオリーブオイルを垂らしたフライパンを温める。みじん切りにしたにんにくを入れて少し待てば、食欲をそそるいい香りが辺りに漂い始めた。ここにベーコンを投入する。

「アンタさ、中入ったの初めてなの？」

「遺跡の中？　ううん、野外訓練で入ったことはあるよ。入口付近で一泊しただけだけど……」

「野外訓練？」

「うん、別館職員は最低でも二年に一回、訓練に行く義務があるんだって。それで一昨年、ミミカの『古城』に一人で放り込まれたの」

ベーコンに火が通ったところでヒーターのスイッチを消す。生クリームを適量入れて塩胡椒。うん、味はこんなもんか。

お次は沸騰したお鍋にパスタを放り込んで、ボウルに卵を割り入れる。

「あぁ、あそこ。一番ヌルいとこじゃん。よかったね」

え、そうなの？　十分怖かったけどなぁ。中身からっぽの甲冑に襲い掛かられた時なんて死を覚悟したよ。幸い、心配性の保護者が近くに潜《ひそ》んでたみたいで、間一髪で助けてくれたけど。

そしてそのあとめちゃくちゃ怒られた。基本を忘れるとは何ごとだとか対応の仕方がなってないとかなんとか。怖い目にあったばかりのか弱い乙女に、あの仕打ちはひどすぎる。

「アンタたちの関係ってわけわかんないね。やたら厳しいように見えて、過保護で。キモチワルイ」

「それを言われると……」

いや、もう、歪んでいるのは本人たちも自覚してるんで、も少し温かい目で見守ってほしい。生ぬるい目とか冷え切った目ではなく。

溶いた卵に粉チーズを混ぜて。茹で上がったパスタをフライパンに移して、弱火で絡めてから更に卵液を入れる。ほい、完成。

「でーきたっ。おまたせー」

「思いのほか手際よくてびっくりした」

「そうでしょうそうでしょう！　私も人並みにはできるんだよ。……ドリアは、残念だったけど」

「そこまで食べたかったわけじゃないし。いいよ別に」

くぅ、るーきゅんやさしいっ！　すきー。

「なんとなく面倒そうなのを適当に言ってみただけだし」

訂正する、るーきゅんいじわるっ！　でもすき。

「それよりほんと、明日から気を付けてよね。うっかりクセで余計なもの出したらはったおすよ」

「例外は『神殿』だけ。肝に銘じておきまーす。ほらほら、作り立ては今日だけなんだからっ」

「ん。わかってんならいい」

一応アンタもギルド職員だもんね、とるーきゅんはやっと安心したように頷いた。

そんなに信用ないのか私。いや、ただ単に彼が心配性なだけだよな？

「いただきまーす」

湯気の立っているカルボナーラを、フォークでくるくると巻きとる。

このお料理の何が好きって、この瞬間である。たっぷり目につくったクリーミーなソースが、パスタに絡まりきれずに滴り落ちる様子。これがなんだかたまらなく贅沢に感じるんだよね。あぁ、生きててよかった。

「明日の予定だけど」

「うん？」

「今日と同じくらいのペースで四階層抜けたい」

「うっ……」

いや、なんとなくそう考えてるんじゃないかなぁとは思ってたけど。でも……。

「えっと、今日は『最初のキャンプだから安全地帯で様子を見たい』っていう理由でここまで来たんだと思ってるんだけど」

私自身、初めてでないにしろアウトドアは久々だったから、安全なところで練習できるのはありがたかったんだけど。

「この先は、どこも同じような場所なんでしょ？　このお仕事、緊急とは聞いてないよ？」

もしかして、待ってる「折れぬ牙」の食糧が尽きかけてるとか？　いやいやまさか。六階層まで到達するような実力派が、そんなミスやらかすはずないよね。

「たぶん、四階層は魔物がだいぶ『湧いて』るからさ。五階層のほうがまだ安全だと思うんだよね」

「あ、あー、なるほど！」

なるほど、納得した。

遺跡の魔物は親から生まれるのではなくて、個々に自然発生する。その様子ときたら、テレビゲームにおけるモンスターポップそのものだ。だから地球出身の冒険者さんはよく、「ポップする」と表現している。るーきゅんが言った「湧く」というのもたぶん同じ意味。

モンスターは、倒された後三〜七日間はリポップしない。

だから、冒険者さんがたくさん潜っている階層は誰かが倒している可能性が高いので比較的安全。逆に人がいないところは手つかずの野放しなので危険である。わかりやすい。

「この遺跡に潜る連中は、下に行くのが一般的なんだよね。ちょっと自信がある連中が三階層まで来るけど、あいつら四階層に上がる前に引き返すからさ」

わかりやすいついでに、遺跡は階層が下であればあるほどモンスターも弱いという親切設計である。

平坦で、全部同じ大きさの大陸といい、ほんとに、こう……ねぇ？　しかも、魔物の死体って触らずに一定時間放っておくと消えちゃうんだよ。都合イイヨネー。（棒読み）

つまり、先行したはずの「折れぬ牙」が現在六階層にいるということは、四階層のモンスターのリポップがだいぶ進行していて、逆に五階層のほうがまだ少ないだろう、と。そういう判断なのね。

「うん。そういうことならなんとかがんばってみる。でも、ルーク君は今日より戦闘回数増えるんだよね？　大丈夫なの？」

もちろん、ルーク君がびっくりするくらい強いのは今日だけでもよくわかりましたが。手強くなっていく敵、しかも数も増えるって、いくらなんでもキツくない？

「アンタに心配されることじゃないよ。ギルドだって、一人でイケるって思ったからオレに依頼したんだろうし」

……だよね。ソロでガンガン活躍してて、冒険者の中では神様みたいに崇拝されてるるーきゅんだもんね。「勇者枠」ってほんとすっごく特別らしくて、忘れがちになるけどあのエイジ君でさえ、巷《ちまた》にはファンクラブがあるみたいだし。

っつーかさぁ、「勇者枠」って、「七罪」よりヤバくない？　なんで私たちみたいな、戦闘特化じゃない能力持ちを隔離するくせに、彼らは野放しなの？

などなど疑問は尽きないが、それならばるーきゅんを一刻も早く休ませてあげなくてはいけない気がしてきた。名残惜しいけど、おしゃべりはこのくらいにしておこうっと。どうせ明日も丸一日いっしょだし～。（るんるん）

「ん。ごちそうさまでした。じゃ、明日に備えて寝ようか。あ、食器はこの中にいれてね」

「取り出した」食洗器に汚れ物を突っ込んで、お料理で出た生ごみはディスポーザーへ。ふぅ、便利。

「おやすみ、ルーク君」

「ん。オヤスミ」

ばいばい、と手を振って、私は「女子専用！」と乱暴に書かれたカーテンをおろした。

……いや、違うから。これ作ったの私じゃないから。元からあったものだから！

誰が作ったのか知らないけど、いつの間にかこの部屋に出現したというこの「女性専用キャンプスペース」については、これまた非常に賛否両論あって扱いが難しいんだよね。

男性差別だ、とかいいや区別だ、とか。むしろ男性の冤罪《えんざい》を防ぐために必要だ、とか。

うむ、めんどくさい。

個人的には、キャンプで雑魚寝《ざこね》とか、気にしないんだけどな。できれば寝ているるーきゅんのお耳の観察とかしたい勢いなんで。

でもさ、無言であっちいけって指さされたら、無理に隣で寝るわけにはいかないじゃないか……。るーきゅんに破廉恥《はれんち》な女だとおもわれてしまうもの……。

しかしまぁ実際、あるならあるで便利なんだよね。着替えとか気をつかわなくていいし。身体拭くのもコソコソしないですむし。

あー、これだけスペースがあればベッド置けるよね。そうだ、明日の朝に備えてドレッサーも今のうちにだしておこっと。あ、そういえばクローゼットに……。

「あ、ベッドとか出していいのも今日だけだからね！」

開放的な気分になって巣作りを始めた私に、カーテン越しの鋭いツッコミが入った。

「ハイ……」

どうして、どうして私ってやつは！

◇◆◇◆◇

「をぎゃあああああああ！」

「わっ？」

私はソレを見て、思わず悲鳴をあげた。あまりの大声にるーきゅんのしっぽの毛が逆立って、一瞬動きが止まる。

彼は現在、超巨大なオレンジ色のハリネズミっぽい魔物と交戦中なので、これはまずかった。

攻撃リズムを崩されたるーきゅんが忌々しそうに舌打ちして、飛んできた針の掃射《そうしゃ》（わたしのしってるハリネズミは針を飛ばさない！）から、バックステップを繰り返して身をかわす。

不幸中の幸い、四つ角の中央、しかも体育館並の広さのある場所だったので、逃げ場がなくて串刺しという最悪の事態は免《まぬが》れた。

うぅ、ごめんよ。きっと、「あの針を撃つ瞬間、ヤツの急所はガラ空きになる。そこを狙え！」的なタイミングだったんだろうに。

しかしああいう台詞を読んだり聞いたりするたびに思うのだが、必殺技を出すと丸出しになる急所ってなんなんだ？　イキモノとしては不完全だし、人造物だったらもっと不完全だろ？　どう考えてもリコール対象だ。

「何っ？　なんなの！」

不機嫌を隠すこともせずに、るーきゅんはキツい口調で私を問いただした。

「アイツが次に自分から腹を見せるまで、一時間かかるんだからね！　あんまりくだらないことだったらはったおすよ！」

あ、やっぱり針飛ばす時がチャンスのパターンだったんだ？　弱点はお腹か。わかりやすいな。妙に手足が短いと思ってたけど、お腹を出さないためだったのね。

それはうん、マジで悪いことをした。反省しているのではったおすのは勘弁してください。くだらないっちゃくだらないけど結構私にとっては切実でしてね？

「るるるるるーきゅん、そいつのせなか、せなかっ！」

さっきまで針が生えていた場所は、ピンクがかってつるりと……していてくれたらうれしいんだけど、クレーターだらけのでこぼこした表面を見せている。うげぇ、これも気持ち悪い。

だがしかし、私に先ほどの悲鳴をあげさせたのはソレではなくてだな。

「背中に、なんかついてる！」

そう、私は先ほど見てしまったのだ。ハリネズミモドキが針を射出する前準備に、ぶわっと背中を膨《ふく》らませたときに！

肌色の、目も足もない、うねうねと動く、おぞましい何かを！

「ハァ？　寄生ミミズがなんだってのさ！」

「その名を口にしないでっ！」

やめろよ鳥肌たっちゃったじゃないか！

ダメなんだよ、どうしても！

肌色なだけならいい。目がなくてもいい。足がなくてもいいんだけど、この三つが揃《そろ》うとどうしてもダメなのだ。足がすくんで冷や汗がでて指先が冷たくなってしまうのだ。

自分でも覚えていない幼少期に、なにかあったんだろーか。

だいたい、なんであの、み……に限って、地球のとほぼ変わらない外見なんだよ！

「ごめんほんとアレだけはダメなんだ。今も足がすくんじゃって動けない」

「ハア？」

我ながら冗談のようだが、金縛りにあったように動けない。そして、この位置で動けないとなるとるーきゅんの戦闘の妨げになる。

ほらみろ、緊急事態じゃないか！

「胸張って言わないでくれる。ムカつく」

「ゴメンナサイ」

こうしている間にも、ハリネズミモドキは短い突進を繰り返している。今はるーきゅんがターゲットになっているけれど、いつ私が標的になるか。ってこっち気付いたあああ！

「る、るるるる！」

「あぁもうっ！」

「ふぎゃ」

るーきゅんは間一髪で私を肩に担いで、ハリネズミモドキの進路から跳びのいた。そしてそのまま走り出す。あー、一カ所にとどまってるとひき殺されちゃうよね、やっぱり。

でも贅沢言うならお姫様抱っこのほうが、ってごめんなさいじょうだんです。

「あんなザコ相手に逃げまわるとか、不様《ぶざま》すぎてキレそうなんだけど。その上そんな抱き方で、両手ふさがれたまま走れって、拷問《ごうもん》？」

「ごめんなさいごめんなさいおもくてごめんなさい！」

「うんまぁ、フツーに重い」

や、確かにるーきゅんから、「そんなことない。軽すぎてびっくりした。天使みたいだ」な～んて優しくキラキラ微笑まれた日にゃ驚きで心臓麻痺起こす自信があるけど。

でも、「フツー」までで止めてくれたらなぁ、と思ってしまう乙女心！

「このまま走って振り切る訳にはいかない？」

「この先、ちょっと面倒なのの巣があるんだよねぇ」

なるほど、それなら倒してから進んだ方がいいな……。

「もうさ、アンタのアレでやっちゃってくんない？」

「い、イヤだ。今目を開けたら『み』の字が視界に入るし」

「そんな苦手なんだ……。目ぇ閉じたままじゃダメなわけ？」

「ルーク君、アレは私の必殺技だよ？　一発芸的な。それを、目を閉じたまま出すなんてもったいない真似できないよ」

「どうでもいいよっ！」

あぁ、そうだろうさ。るーきゅんにはわからないだろうとも。いくつもいくつもカッコイイ技持っててさ、それぞれにカッコイイ名前がついててさ。気合いのためだか知らんが、いちいち技名を叫んでるような連中にはわかるまい！（るーきゅんが叫んでるとこはまだ見たことないけど）

私だってたまには派手なことやってすっきりしたいんだよっ！　という、サポート系の人間の気持ちなんざ、わかるわけがないんだ……！

とはいえこんな事態を招いたのは私なんだから、わがままばっかり言ってちゃダメだよな、大人として。とりあえず邪魔にならないように、どこかに放り投げてもらおう。

そろそろと薄眼を開け、よさそうな場所がないかと視線を走らせた私の視界に、何かが映った。

なんだあれ。

目をこすってもう一度同じ場所を確認する。うむ、妖精さんと子狐だ。こちらにむかって手を振っている。なにあれふぁんたじー映画みたい！

「こちらへ！」

「がんばれがんばれ～」

どうやら援軍のようだ。るーきゅんの背中をぺしぺしして指さしてみる。

「ルーク君、呼んでるよ？」

「いーよ、ウザいし」

うわ。さては、気付いていたのに無視してたな？　素直になれないお年頃のオトコノコはこれだから！

「や、でもせっかく来てくれたんだしさぁ」

あれはおそらく「折れぬ牙」のメンバーだと思われる。妖精さんの方は見たことあるもん、テレビで。

「あれ、キリルさんだよね？　ナマで見たの初めて～」

「あっそ」

なんと気のないお返事か。そりゃ、他人にああしろこうしろって言われるのが大嫌いなるーきゅんとしては、不本意な状況なんだろうけどさ。

「ちょっと、聞こえているんでしょう！　早くこちらへいらっしゃいな！」

ほらぁ！　しびれ切らして怒りだしちゃったよ？　ヤバいよ？

「せめて私だけでもあっちに預けちゃったら？　そしたら戦えるでしょ」

ね、そうしようよ、と再度背中をぺしぺし叩けば、るーきゅんはやっと観念したようにそちらへ足を向けた。

誘導されるまま小道に駆け込んだ直後、後ろで悲鳴が上がった。後ろって言うか、私は後ろ向きに抱えられているから目の前なんだけど、怖くて目を閉じてたんだよ……！

それでもそうっと薄眼を開けてみれば、魔物がひっくりかえって吠えていた。前足から血を流している。なんだ？　何が起こった？

るーきゅんは私を奥に押しやると、そのまま魔物へと近付いて行った。途中、ひょいっと何かを避ける動きで気付く。わ、ワイヤー張ってある！　床から十センチくらいの場所に、妙に鈍く光るワイヤー張ってある！　そっか、あれに引っかかってあんよが……。痛そう。

と、それはともかくご挨拶しないと。

「『折れぬ牙』の方ですね？　お迎えありがとうございます」

助かりました、と頭を下げた。どんなにるーきゅんがいらないと言っても、やっぱり助かったには違いないし。私大人だし。

ところが、そんな私の気持ちはキリルさんの放った一言でどこかへ吹き飛んだ。

「噂に聞く『幻《ミラージュ》』様がいらっしゃると聞いて、さぞや見事な戦いを見せていただけるのだろうと期待しておりましたのに。正直ガッカリしましたわ」

……え、なにこの小娘。

「き、きりるちゃんだめだよ！　しつれーだよ！」

「ヴィトだって、失望したでしょう？　なんですのあれ。あんなザコから逃げるなんて」

「う、で、でも……」

子狐がわたわたしながらキリルさんの足をつつく。うむ、この子狐は良いモフモフだ。あとでふしゃふしゃさせてもらいたい。

しかしこのタカビーちゃんはどうしてくれよう。（ぐぬぬ）

「あぁ、ご挨拶が遅れましたわね。わたくし『折れぬ牙』のキリルですわ。この子はヴィト。見習いですの」

「ああの、あの、はじめまして」

「はじめまして」

キリルさんとは目を合わせず、ヴィトちゃんににこりと笑ってみせると、なぜか怯えたように縮こまってしまった。え、なんでだ？　私何かしたか？

「ヴィト、怯えることはありませんわ。『七罪』といえども、むやみに子供に危害を加えたりなさらないでしょう」

「なっ！」

「お気に障《さわ》ったならごめんあそばせ。でも、『七罪』の『暴食』様といえば、子供にとっては恐ろしい存在ですの。ご存じでしょう？」

いーえ、まったくこれっぽっちも存じません！

「悪い子は『暴食』に攫《さら》われるって、都市伝説ですわ」

「私はナマハゲか何かかっ！」

そこへ、いつの間にかハリネズミモドキを倒したるーきゅんが戻って来た。

るーきゅんは、私の手をぐいと引いてさっさと歩きだす。え、えーっ？　まさかの無視？

「あ、え？　いいの？」

「はじめまして。ごきげんよう、ルークレスト。『折れぬ牙』のキリルですわ」

「あっそ」

るーきゅんは振り向くことも足を止めることもせずにすたすたと進む。

というわけで私もすたすた。

や、だってさ。さっきのアレといい、どうしてもご一緒したいヒトじゃないし。子狐だけ抱っこして連れて行きたいけど、そうもいかんしなぁ。

「ねぇねぇ、この先の厄介なのの巣って何？」

「あー、ムカデみたいなやつ」

「るるるるるーくくん、おねーさん、ごく標準的な女性だから虫も大分苦手だよ？」

「めんどくさいなー」

「あぁら。『暴食』ともあろうお方が虫ごときを？　でも、まぁご安心あそばせ。今頃『折れぬ牙』の者たちが、片付け終わっているでしょう」

「ところで、喉渇《かわ》かない？　おなかすいてない？」

「まだいいよ」

「そっか。あんなに動いたのにすごいね」

「あのくらいで音を上げるようでは二つ名など恥ずかしくて名乗れませんものねぇ」

「ルーク君、敵は手ごわいよ……。そろそろ突っ込んじゃいそうだよ、どうしよう」

「構うとつけ上がるよ。気をしっかり持たないと」

「う、うん」

でもやっぱり、るーきゅんの二つ名（笑）とか、すごく突っ込みたいよ。心が折れそうだよ。っつーかせっかくの私とるーきゅんのでぇとなんだから、いちいち口挿まんでくれって言いたいよ！

「なんなんですのその態度はっ！　失礼じゃありませんことっ？」

「きりるちゃんがさきにしつれーなこといったんだよ？　ぼく、ぼく……。うああん」

場の緊張感に耐えられなくなったのか、とうとう子狐が泣きだした。

うんまぁ、子供にはちょっと過酷なプレッシャーだったかもしれん。大人げなかった悪かった。

「ぜ、ぜっがぐるーくれすとざんにあえたのにぃっ！　きりるぢゃんのぜいでぎらわれだぁ！　ぎりるぢゃんだって、だのじみだっだぐぜにぃ！　ばかぁ、つんでれぇ！　うあああああん」

「なっ！　べっ、別に私は！　楽しみで昨夜眠れなかったなんてことはありませんわっ！　ヴィトがどうしても迎えに行きたいとねだるからっ」

「うぞだもん！　きりるぢゃんがりーだーにおねがいしにいっだの、みでだもん！」

「み、見間違いですわっ！」

「あーもー、うっさい」

突き放すようなセリフとは裏腹に、るーきゅんはとうとう足を止めた。

はいはい。ツンデレはともかく、泣く子には勝てませんな。（はふぅ）

◇◆◇◆◇

目の前でぴこぴこしている二対のけもみみ。少し視線を落とせば、ふしゃふしゃのしっぽがふわ～ん、ふわ～んと揺れている。

その下では、細長くて、でも手触り良さそうなしっぽがふりん、ふりん……。

見ているだけでとろけそうになる光景である。

「ちょっとヴィト！　いつまでルークレストにおぶわれてますの！　泣きやんだなら自分で歩きなさい！」

これで、るーきゅんの周りをふよふよしながらきぃきぃわめく羽虫……おぉっと失礼、妖精さんさえいなけりゃなぁ。

ヴィトちゃんはぎゅっとるーきゅんの首にしがみついた。降りる気はないらしい。

ま、この状況なら、万が一もなさそうだし。それに……。

ちらりと右を見れば、凶暴そうな巨大ビーバー。左を見れば、小学生くらいのお子さまに見える小人さん。（ただし、一番の年長者）

そして後ろには長い槍を携えた顔色の悪いエルフ。

そうです、「折れぬ牙」のリーダーで重戦士のイジェットさんと、魔導技術士のワンさん、そしてそして！　「無刃《むじん》」ことリオウさんです。

なんでも、わざわざお迎えに来てくださったそうで。

この遺跡、上に登るのは徒歩オンリーだが、下りるだけなら転送装置があるのだ。もちろん、全てギルドの手によって設置されている。

冒険者たちがその階をある程度攻略したあと、よさそうな場所をじっくり吟味してから設置部隊を派遣するので、あまり到達者がいない階には設置されていない。

せっかくなんだから登りも作ればいいと思うのだが、色々事情があるらしい。

表向きは、無謀な冒険者が実力に見合わぬ階へ飛んでいったりしないように、である。まぁ、バカなことをする連中というのはどこにでもいるわけで、あり得ないとは言い切れない。

ちなみに、「折れぬ牙」がいたはずの六階層には、まだこの装置はない。

ということはこのヒトたち、精鋭《せいえい》（＋ヴィトちゃん）だけで五階層まで引き返して、そこから装置使って四階層に下りたのか？

あーぁ、いらない気遣いだったのに。るーきゅんと二人きりでよかったのに。いやこれはけっして「でぇとでぇと〜」なんて浮かれた理由ではなくてだな。

このパーティー、人間大嫌いで有名なんだよおおおおお！

うぅ、沈黙が痛い。

せめてもの救いは、ヴィトちゃん自身は「落とされモノ」ではない、という点だろうか。

ヴィトちゃんのような「落とされモノ」の子孫たちは、直接迫害された体験がないので、人間への反感は一般に「無い」とされている。

まぁ実際は上の世代から何か言われているとは思うが、それでもだいぶマシなハズなのだ。

しかし、私個人に関していえば、「暴食」の都市伝説とやらのお蔭で別のマイナス修正がついているという……。くっ、つらいぜ。

しかもこのヒトたち、私を迎えに来たんじゃないから。るーきゅんを見たくて来ただけだから。

例の、「厄介なの」の部屋で合流してすぐ、私などには目もくれず、るーきゅんにむかって自己紹介した時点でよくわかったよ！

だというのにるーきゅんときたら、ヴィトちゃんのことはおんぶしてあげたものの、他のメンバーに対しては挨拶すらしないんだもんなぁ。名乗られて、「あっそ」。終了。

るーきゅんんんん！

い、いや、これはるーきゅんが悪いというよりはフィレメト家の教育方針はどうなっとるんだという話だよ！

きっと例の予言で舞い上がって、とにかく剣の腕だけ磨かせたに違いないんだ。ご挨拶という、一番大事なことを教育し忘れたに違いないいんだ。

だがまてよ、もしもるーきゅんが、さわやかにご挨拶できて人当たりがよくて誰にでもオープンに親切な子だったら、私は彼をこんなに愛でられただろうか？

私は彼の、親密度があがるまで「あっそ」以外言わないところとか、ヒトを小馬鹿にしたような態度とか、わかりにくく優しいところにキュンとキたのではなかっただろうか！

……う、う～ん。保留。（そしてこのまま、投げっぱなしでいいや）

とりあえず今は前進することだけに集中するんだ！　大丈夫大丈夫、前だけ見てれば。目の前には楽園があるんだから大丈夫。まだいける。（自己暗示）

「ルークレスト殿っ！」

うひょぅ、びっくりした！

突然真後ろから大声がして、私はぴょこっと飛びあがった。

そのまま何食わぬ顔で足を動かし続けるものの、左から「ぷすっ」と鼻から空気が抜けたような音が聞こえた。わ、笑われたあああああ！

「ルークレスト殿、頼みがある」

この、やけに大きな声の主はリオウさんである。テレビだとやたらポーズつけてるのと撮影の角度が素晴らしいのか、ただの（痛）カッコイイヒトに見えたんだけど、実物はなんか、うん。

そうだな、まずはもうちょっとお顔に肉をつけてくれるとうれしい。「無駄な肉の削《そ》げた精悍《せいかん》な顔立ち」通り越して、栄養失調に見えるからさ……。

さすがにうるさかったのか、るーきゅんが立ち止まってくるりと振り返った。

「なに？」

うわぁ、ウザそう。

「後日、お手合わせ願いたい！」

「やだ」

きっぱり。

「ならば、ギルドを通した依頼としてならばどうか」

「断るよ。ギルドだってその方が喜ぶだろうし」

そうだよ、なに言っててんのリオウさん。仮にも二つ名を持ってるリオウさんが死んじゃうような依頼、ギルドが許すわけないじゃん。（るーきゅんが負けるとはこれっぽっちも思っていない）

「くっ。ならば……。次に出る魔物をどちらが速く倒せるか、勝負だ！」

「一人でやればいーじゃん」

るーきゅんは取りつくしまもない。

そもそも、遺跡内部の魔物は無限ではないので、既に「折れぬ牙」がお掃除した後をてくてく歩いている分には、魔物にあたることなんて……。

おおおおおおおおおおおおおおん！

……運が悪ければ、もちろんある。

おおおおおおおおおおおおおおおおん！

声は二度響いて、ぴたりと止んだ。

どうやら、結構離れたところにいるらしい。あぁよかった、と胸をなで下ろす私の左右で、イジェットさんとワンさんが目配せをしあう。

なにそれ感じわるぅい！

「……出たか」

「頃合いですね」

頃合い。ほう、頃合いですか。

……さてはリポップ管理してやがったな？　そうだよね、自分たちが倒したモンスターだもんね。リポップ時間は個体ごとに固定されてるって話だし、そりゃ、可能だよね。

「もともと、こうするつもりだったんですか？」

確信をもって問いただせば、彼らは悪びれもせずに「そうだ」と頷いた。

「ルークレストはケンカを買わねえって話だったから保険にな。『暴食』殿よぉ、男の沽券《こけん》に関わる勝負だ。野暮は言わねえよな？」

巨大ビーバーが、ただでさえ凶悪な顔をさらに恐ろしげに歪めて私を威嚇《いかく》した。

ひっ。こわいから。すごくこわいから。はなれて。

「それに、我々も見たいのですよ。二年前突然現れた若造が、はたしてどれほどの腕を持つのか」

若造って、見た目はどう見てもワンさんの方がちびたんじゃないっすか。（とはさすがに言えない……。高圧電流で分解される……）

「ははは！　勝負だ、ルークレスト殿！　この勝負で貴殿《きでん》に勝ち、私は『最速』を取り戻す！」

勝ち誇ったように笑って、リオウさんが走り出した。

おいこら、もしもの時のために私の後ろを守ってたんじゃないのか？

「ふはは、一番槍ぃ！」

るーきゅんを追い越して走り去ってゆくリオウさん。なんだろう、なんかすごく、見ちゃいけないものを見てる気がする。いろんな感情通り越して哀しくなってきた。

「無刃」と「幻」かぁ。どっちも速そうだからなぁ。比べられるんだろうなぁ。それで追いつめられてあんなことに……。（ほろり）

しばらくすると、鬼のような形相でリオウさんが戻って来た。

「ルークレスト殿、なぜ来んのだ！」

そう、るーきゅんは相変わらずヴィトちゃんをおんぶしたまま、今まで通りてくてく歩いていたのである。

一人だけやる気満々で走ってっちゃって、リオウさんカッコワルぅイ。ファンにはみせられない。

「『最速』を賭けての勝負だと言っているだろう！」

「そうですわ、ルークレスト。男なら勝負を受けるべきですわ！」

こういうことに男とか女とか、関係ないと思うんだ、キリルさん。っつーか、あんたらさぁ……。

「オレの仕事はミズキの護衛だし。ふつうに進んでれば避けられる敵のために、護衛対象放り出して行くわけないじゃん」

そうそう、それだよ。任務忘れてんじゃないのってるーきゅん！

「私の名前知ってたんだ！」

「なにいってんの」

「だって今まで一回も呼ばれたことなかったし！」

知り合って二年間、「ねぇ」「アンタ」「あのさ」だけでやりくりしてたじゃないか！

「ちょ、もう一回、もう一回呼んでみて！」

「呼ばないよ」

「あ、でもまって、せっかくだから録音したい！」

「呼ばないよ」

「レコーダーどこかにあったと思うんだ、えっと、確か……」

「呼ばないよ。ここで家具なんて出したらはったおすよ」

「くっ」

るーきゅんつれない！　でもそこがすき。

リオウさんは、しばらく私とるーきゅんの攻防を眺めながらぷるぷる震えていたのだが、やがて、カッと目を見開いて叫んだ。

「ええい、こうなったら仕方がない。リーダー、あれを！」

「なにぃっ、アレを使うつもりかっ？」

「本気ですの？　リオウ！」

「リオウ、無茶です！」

どうやらリオウさんは最終兵器を出すことにしたようだ。それを止めようと、他のメンバーが必死で説得している。

私はそっとるーきゅんの方へ近づいて、その背中のヴィトちゃんのお耳をつついた。はぅ、ぴぴぴって！　ぴぴぴってした！　かわいいい！

「な、なんですか？」

「ヴィトちゃん、彼らが言ってる『アレ』って何？」

あんまりヤバいものだとしたら、私も覚悟を決めねばならない。

ヴィトちゃんはきゅっと目を閉じて、それからあきらめたようにるーきゅんの背中から飛び降りた。

「ぼくみならいだからよくしりません。でもきっと、あれのことだとおもいます。あれをつかうなら、たたかいはさけられないとおもいます……」

そう言いながら何故か、背中のリュックから何かを取り出し始めるヴィトちゃん。

ん？　ワイヤー？　ってことはさっきのあの、ちょっとエグいトラップはまさか君が……？

「ヴィトちゃん、罠士なんだ？」

てっきり、回復職だと思っていたのに。だって癒し系だから！

ヴィトちゃんは照れたように笑いながら、道具を確認していく。

「おかあさんが、『わなはれでぃのたしなみだから』って、おしえてくれたんです。そしたらぼく、さいのうがあったみたいで」

ほ、ほほぅ、嗜《たしな》みとな。

え、いやちょっと待てよ、ヴィトちゃん女の子？　いや、どっちでもいいんだけどかわいいし。でもレディが一人称「ぼく」は、どうかな～。

「『ぼうしょく』さまはどんなわながすきですか？」

「え、あ、ああ、私？　そ、そうだなぁ、落とし穴かな」

小さい頃作ったことがあるのは。

「わぁ！　ぼくもぶーびーとらっぷけいだいすきです！」

いっしょですね。

にこっ。無邪気に子狐が見上げてくる。ひきつらないよう細心の注意を払いつつ、私も微笑み返した。

……正しい癒し系もふもふだと思ってたのにっ！

「ええいっ、止めてくれるな！」

リオウさんはとうとう、イジェットさんの首に掛かっていた何かを奪い取った。

笛、か？　ホイッスルタイプの。

あ、そういえば笛型のパーティー用アイテム（宴会用にあらず）って、なんか聞いたことあるぞ。確か、半径三キロ以内の魔物を呼び寄せる魔法具ではなかったか。ちょー高い上に一回こっきりの使い捨てアイテムだったよな？

まぁ、アレは最後の切り札というか、パーティー全滅の危機にリーダーが吹いて囮《おとり》になるためのアイテムだし、使ったら十中八、九、その……、ね？　な代物だからなぁ。

「おやめなさい、リオウ！　破産してしまいますわ！」

「もっとほかにとるべき方法があるはずです。今は耐える時ですよ、リオウ！」

キリルさんが心配する通り、平均より裕福なパーティーのメンバーとはいえ、一冒険者が個人の予算で買うものではない。たぶん、預金が吹っ飛ぶ。

その笛を。リオウさんは。

「ぷひ～ふるるるるるるる」

ふいたあああああああ！

しかも力みすぎたのか、なんか空回りしてる。うわもったいねぇ！

笛はそのまま、リオウさんの手の中でもろもろと崩れ、雪のように融けた。……へー、アレってああなるんだ。この先一生見ることのない貴重なもん見せてもらったわぁ。ぜんぜんありがたくないけど。

「ふはははは！　見たか、私の覚悟を！」

なんだろう。リオウさんが残念な悪役にしか見えなくなってきた。

「無茶しやがって……！」

イジェットさんは男泣きに泣いている。いやもうそれどころじゃないだろ。吹いちまったもんはしょうがないから、迎え討つ準備しようよ。

「あ、あの、『ぼうしょく』さまはぼくといっしょに、このなかで……」

大人たちの頭悪そうなやりとりをよそにせっせと作業をしていたヴィトちゃんが、私をちょいちょい、と呼び寄せた。

「じめんのまるのなかに」

「あ、うん」

「ぜったい、でないでくださいね」

私がその円の中に入ったのを確認すると、ヴィトちゃんはなにやらくいくい、と手を動かした。トラップの最終仕上げらしい。

「ぜったいぜったい、でちゃだめですからね！」

「うん、死んでも出ない」

うかつに出たら即死すると見た。

どす～ん、どす～んと重低音がこちらに近付いて来る。

吠え声からするとほ乳類っぽかったんだけど、遺跡の魔物って色々信用ならないんだよなぁ。

虫系じゃありませんように。せめて「み」の字じゃありませんように！（あ、いや、色だけでも違ってたら案外平気かもしれない）

どす～ん、ごごご、どす～ん、ごごご

あぁ、地面まで揺れ始めた。これはきっと大きくて重い敵だ。あと、足があるのは確実だ。よかった。

「来るぞっ」

イジェットさんが私とヴィトちゃんの前に立ちはだかって、ご自慢の盾を地面に突き刺し、膝をついて構える。

ワンさんも、ヴィトちゃんのかいた円の外周に何やら粉をふり始めた。結界、みたいな？

「私たちは手出しをしませんから、こちらのことは気にせず存分にやってくださいまし！」

キリルさんがイジェットさんの盾の陰から顔を出し、無責任なエールを送り始める。やめろ、煽《あお》るんじゃない！

現れたのは、五メートルはあろうかという土人形《ゴーレム》だった。いや、ゴーレムって呼んでいいのかな？

顔の造形が中途半端にリアルでエグイから、大きなゾンビに見えなくもないんだが。

「ルークレスト殿もご存じだろう？　こいつの再生の速さを。倒すにはそれを上回るスピードで身体を抉り、核を取り出す他ない！　これほど我らの勝負にふさわしい敵があろうか！」

「あっそ。じゃぁまず、アンタやってみせてよ。譲るから」

るーきゅんは心底軽蔑しきった目でリオウさんを睨みつけると、一歩下がった。あーぁ、好感度がマイナスになってるよ。ご機嫌も急降下だよ。

彼は若いのにプロ意識が強いからなぁ。公私混同が許せないタイプなんだよね。

「ほら、とっとと倒しちゃってよ」

るーきゅんは腕を組んだままゴーレムを顎でしゃくって、リオウさんを促《うなが》した。

「む、しかしそれでは勝負に……」

ええい、いい加減悟れよ。

「あぁ、そうですね。タイムトライアルみたいなのがいいと思います」

仕方がない、ここは私が。

「お二人ともとにかく速いので、どちらがとどめを刺したか、見ている方にはわからないかもしれないでしょう？　タイムトライアルならケチがつきませんよ」

もっとも、次にアレがポップする頃にはるーきゅんはここにはいないだろうけど。

「む、それもそうか……。ならば、参る！」

リオウさんはやっと納得して、槍を構えた。ふぅ、手間のかかる。

ゴーレムはゆっくりと、足を引きずるようにしながら近付いてくる。幸い、敵を見て猛ダッシュするタイプではないようだ。

そこへ、リオウさんが突撃していった。

さすがに老舗《しにせ》パーティーの花形メンバーなだけあって、リオウさんは強い。というか、身体能力がおかしい。何せ高跳びの要領で、ゴーレムの肩あたりまで一気にジャンプしたからな。

一体あの身体はどうなってるんだ……？

「夢幻十字斬《ファントムクロス》！」

おぉ、いきなり大技ですか。まぁ、タイムトライアルだもんな。出し惜しみするわけないよな。

首を十字に切り裂かれたゴーレムは、苦悶《くもん》の表情……は最初からそんな感じだ、まぁとにかくうおぉおぉおん、と悲鳴をあげて、ぶんぶんと首をふった。

痛覚、あるんだ？

「雷鳴貫通《ライトニングニードル》！」

振り払おうとするゴーレムの腕を避けて、リオウさんが次の技を出す。彼の十八番、雷系の貫通技で、テレビではこの技でトドメを刺してるのをよく見る。

「雷鳴貫通！　雷鳴貫通！」

あとはもう、とにかく振り払われないように注意しながら雷を纏《まと》った槍に体重を乗せてゴーレムに突き刺す。ほぼ掘削《くつさく》作業である。

同じ動作をひたすら繰り返す単純作業なのに必死さが伝わってきて、それがまた虚しいというかなんというか……。

ファンだったのに。私、このヒトのファンだったのにぃ！

「らいとにんぐぅ……」

何回目になるのかわからない雷鳴貫通をリオウさんが打ち込もうとしたところで、ヴィトちゃんがビクリと身体をふるわせた。

「り、りーだー！」

「ち、新手か」

イジェットさんが、地面から楯をひっこぬいて立ち上がる。キリルさんも銃を構え、ワンさんは静かに目を閉じた。トランスに入る準備？

「三匹、来てるね」

るーきゅんも少し警戒した様子で剣を抜いた。

一匹は「折れぬ牙」の見学組、二匹目はるーきゅんが相手をするとして。

……三匹目は誰が？

「上」

るーきゅんが、空を見上げた。

上？

私以外の皆様にはすぐにわかったようで、全員同じ方向を見上げている。しつこく雷鳴貫通を繰り返しているリオウさんさえも、視線をそちらに向けていた。

え、ぜんっぜん見えないんですけど。なにこの置いてけぼり感。

と思っていたらようやくキラッと光る点を見つけた。点はぐんぐん大きくなる。

「……戦《や》ったことある？」

「いや、ねぇな」

「この階層に飛行型の魔物がいるなんて知りませんでしたわ」

おいおい、どーすんだよ。そろそろ私にもその姿がわかるくらいまで迫って来てるんだけど。

金属光沢のある飛行物体。時折はばたいているところをみると無機物系じゃなさそうだなぁ。あえて言うなら、鎧のような外皮に覆われた、鳥、かな？

プテラノドンっぽく見えなくもないけど、嘴《くちばし》があるし。それに手が見あたらないから、翼竜《よくりゅう》というよりは、やっぱり鳥なんだろうなぁ……。

一番弱いのが誰なのか瞬時に判断したらしいその鳥は、私に向かって急降下してきた。ひいいい、串刺しにされるうう！

思わずしゃがみ込んだ頭の上で、ばちばちばちっ、と音がして、ガラスをひっかく音に似た、不快な悲鳴が響き渡る。

ぎぃぃぃいいいいいいいいいい！

……そういやこの円の中は、ヴィトちゃんのトラップとワンさんの結界で守られてるんだった。すっかり忘れてた。

「ぼ、『ぼうしょく』さま、だいじょぶです。だいじょぶですからねっ！」

ヴィトちゃんが私にきゅっとしがみついて、背中をなでてくれる。

いやあの、うれしいけどちょっと情けないよ。でもあぁ、もふもふが、もふもふこんな近くに……。よし、今のうちに堪能《たんのう》しよう。ふしゃふしゃ。（うっとり）

「上の方に巣があったのでしょうね」

半トランス状態のワンさんが、魔物についての分析を披露《ひろう》しはじめた。

「遺跡内は、飛行による探索を禁じられています。かつてその方法で探索を試みたいくつかのパーティーが、消息を絶ったというのがその理由です」

ふむふむ。そういやなんか、禁則事項にそんなのあったような気がする。

「おそらく、階層の天井付近に生息していて、滅多なことでは降りてこないタイプなのでしょう。だから、我々の誰一人、見たこともなかった」

ヤツと戦ったパーティーはおそらく全滅しているのでしょう、と彼は非常に冷静に締めくくった。

「ってことは、未知の『災禍《さいか》』級、あるいは」

「『蒼ざめた馬』級……」

えー、「蒼ざめた馬」ってのはあくまでも地球出身者用の翻訳で、つまりは死神の乗り物のことである。他の世界出身者さんには、それぞれの世界で語られる死神の乗り物、あるいは従者を指す単語が割り当てられているはずなのだ。翻訳魔法の汎用性の高さ、パねぇ……！

まぁなんにせよ、「死」と共にやってくる、という意味は共通している。って、ヤバいじゃん！

鳥は再び急上昇した。

「ヒットアンドアウェイ型かよ……」

イジェットさんが忌々しそうに上空を睨む。ぐぬぬ、確かに忌々しい。

そこへ、後方から新手が現れた。一つ目の巨人《サイクロプス》っぽい何かである。

あー、あれは以前、テレビで見たことあるから知ってるぞ。身体の大きさ自体は二メートルちょいで、遺跡内の魔物にしては小柄な方なんだけど、切りつけると体液の代わりに毒を含む炎を出すんだよね。

あと、かなり賢い。しゃべらないけど、こっちの会話を理解しているとしか思えない行動をとる。でも、説得には応じてくれないので倒す以外ない。

なんとも後味の悪さを味わわせてくれる嫌な敵なのだ。

うぅむ。私はギルド戦闘服についてる耐火、毒軽減機能に加えて毒消しもバッチリ持ってるけど、みなさんはどうかなぁ。

「えーと、そろそろ私のアレ出すべき……？」

おそるおそるるーきゅんにお伺いをたててみる。さすがにこれからもう一体来るとなると、やっぱり私も守られてるだけのお姫様状態じゃダメかなー、とね。

でも護衛対象が勝手に行動するのは問題だから。かえって邪魔になる可能性もあるし。勝手な判断で動いちゃダメって、言い聞かされてるし。

私の問いに、るーきゅんは迷わず頷いた。

「空のを」

げぇっ！

「え、それはちょっと難易度高すぎると思うよ？」

「こっちが片付くまで、とにかく追い払ってればイイから」

「護衛対象にやらせることっ？」

「いいから、やって」

「うぅ、……はい」

まぁ、こっちで飛行可能なのはキリルさんのみ、ワンさんももしかしたら手段があるのかもしれないけど、どっちも中～後衛だからなぁ。

非常事態だし、せめて他のを倒し終えるまでは私が持ちこたえるしかないのか……。それにしても、一番めんどくさいと言われる飛行型、しかも未知。最悪！

くっそぉ、それもこれも全部全部、リオウさんのせいだ！　グダグダ言っても仕方がないから我慢するけど！

「じゃ、じゃぁ、いきます。すみません、『折れぬ牙』の皆様、離れてください」

「ほぅ、『暴食』殿のアレですか。噂には聞いていましたがこの目で見られるとは」

こんな状況だというのに、ワンさんが妙にうれしそうに目を輝かせた。

いや、こんな状況じゃないと出すもんじゃないからな……。私もさっき、お高いマジックアイテムが壊れていく様子を見せてもらって、ある意味感動したし。

その結果がコレだけど。

「アンタたちはそのまま下がって、あの一つ目やって」

そう言ってるーきゅんはゴーレムに向かって走り出した。だんっ、だんっ、と力強い音をたててゴーレムの身体を駆け上がってゆく。しゅげええ！　るーきゅんかっこいー！

でも、あんな足場で上から攻撃されたらさすがのるーきゅんだって危ないかもしれない。ま、守らなきゃ！　私が守ってあげなきゃ！

覚悟を決めて、右手を突き出し（円からはみ出さないように注意したよ？）、叫ぶ。

「いでよ、オシリス！」

……ずぅぅぅぅん
「折れぬ牙」の皆さんに下がってもらって空けたスペースに、若草色の巨大ロボットが現れた。身長七メートル十二センチ、重量四・三トン。私の切り札「オシリス」である。

ふぅ、やってやった！

いっやぁ、今なんかすっごいすっきりしたわぁ。冒険者のみなさんがいちいち技の名前叫ぶのって、こういう感覚なんだな。ちょっと、いやかなり恥ずかしかったけど、それを上回る解放感があった。満足した！

オシリスは男性的な美人さん顔の人型ロボットだ。細身のその姿は優美と言ってもいいと思う。ちなみに、叫ばなくても取り出せるんだけどそこはそれ。

「ほう、これが例の、守護者《ガーディアン》のレプリカですか」

イジェットさんがサイクロプスと盾越しににらみ合っているというのに、ワンさんはこちらに目が釘付けである。いくつになってもオトコノコはロボットが好きだというのは本当なんだな！　……ちょっと違うか？

「レプリカと呼べるほど機能の再現はできなかったみたいです。ほぼハリボテのフィギュアだって聞きました」

そう、このオシリスはなんと、ギルドの冒険者連合軍を半壊させた、あの悪名高きガーディアンたちの、成れの果てなのである。

激しい戦闘によって破損していたその屍《しかばね》（と呼んでいいのかな？）を集めて、使えそうなパーツをつぎはぎして、一体だけ再生したのだ。といっても、ギルド開発課の総力を結集しても素材の分析すらままならず、中身の六割はギルドが作った別物らしい。

繋ぎ合わせて再生したから「オシリス」。ご丁寧に、元はクリーム色だった外装を若草色にペイントまでして。

どう考えてもアレだよね。弟にバラバラにされたあげく川に流されたのに、奥さんがパーツかき集めて包帯で巻いたら冥界の王様として復活したっつー、ガッツのあるエジプトの神様だよね。

ということは、名前付けたのは地球出身者なんだろうなぁ。

でも、見た目はエジプト神話っていうより、どっちかっていうと西洋の騎士様っぽい気がしなくもないんだけど。

「が、がーでぃあんっ？　ぼくたちをおそったりしませんか？」

ヴィトちゃんがさっと私の陰に隠れた。冒険者ギルドにとってもトラウマみたいな存在だからなぁ。

「大丈夫、そういうことをしないように、ギルドもちゃんと対策考えてるんだよ」

よし、じゃぁ見せてあげよう。

モニターグラスを装着して、コントローラーを取り出す。グラスをつけた人間の動きをトレースさせるのが基本なんだけど、前後左右の移動なんかはコントローラーの方が楽なんだよね。

もちろん、地球人には馴染みの深い家庭用ゲームのコントローラー仕様で作ってもらいましたが？

「オシリスは、自分では勝手に動けないの。だから、私がコントロールするんだよ」

「『ぼうしょく』さまがですかっ？」

「しかし、それは危険なのでは？　あなたがギルドを裏切らないという保証は……」

「おい、ワン！　いい加減こっちに集中しろ、火力が足りねぇ！」

イジェットさんが痺れを切らしてワンさんを怒鳴りつけた。

ただでさえ物理系メインアタッカーのリオウさんがいない状態なのに、後ろでおしゃべりされてたら、そりゃぁ、なぁ。

「そうですわ、ワン！　チャージが間に合いませんの。早く魔力を集めてくださいまし！」

「ふぅ、知的好奇心を満たす間も与えてもらえないとは」

ワンさんはやれやれと肩をすくめると、目を閉じて何やら唱えだした。やっと自分の役割を思い出したらしい。

えー、で、では私も、気を取り直して。

「『オシリスさん、やっておしまいなさい！』」

起動用パスワード（引き渡しの際に、日常生活では絶対使わない言葉をって言われて、とっさに浮かんじゃったんだよね……）を叫ぶと、オシリスの目に青い光が宿った。

まずはコントローラーモードのままで動作確認。

赤いボタンでパンチ、黄色で膝キック、緑で防御姿勢、青でジャンプ。

ホントはこの組み合わせでなんか派手な技がでるらしいのだが、格闘ゲームがあまり得意ではないので、そこは省略。

「ヴィトちゃん、あのね。私、みなさんほど目も耳も勘も運動神経もよくないんだ」

この言い方だと、何もいいところないみたいだな、私。あー、荷物運びは得意だよ？　お引っ越しの際にはぜひご相談ください。

「だから、本当は素早い敵が苦手なの。ヴィトちゃん、ヤツが来たら教えてね！」

オシリスを私たちの真後ろに移動させ、コントローラーをしまってモーショントレースモードに切り替える。

試しにかる〜く屈伸運動をすると、オシリスも一緒に膝を曲げたりのばしたり。よし、いいな。

私は胸の前で緩く手を構え、その時を待った。

今回はあえて、盾やらブレードやらは持たせない方針で。だって、使いこなせないから意味ないし。

シンプルに行こうぜ、私。

「『ぼうしょく』さま、きますっ！」

ヴィトちゃんが空の一点を指す。

そちらを見上げると、オシリスの「目」を通してグラスに鳥が映った。

ぴぴぴぴ、と音を立てながら、オートで鳥がフォーカスされる。その横に飛行時速とか外皮構造の組成分析データだとか、なんかごちゃごちゃ出てくるけど知らん。

私の役目はただ一つ。あれがるーきゅんたちの邪魔をしないように追い払うこと！

鳥がオシリスの手の届く高さまで下りてきた。よし、いまだっ！

　　ばっちいいいいいいいいん！

　　ぴぎゃあああああああああ！

思い切り右手を振って、壁に叩きつけた。

「とっ、たかな？」

「え、え？」

悲鳴が聞こえたし、たぶん当たった、はず。

どきどきしながら、グラスを外してそうっと様子をうかがってみれば、そこにはオシリスの手のひらと壁の間で押しつぶされた鳥の姿が。

「あー……」

とりあえず近付けなければ良いって言われてただけなのに、私ったら。

「倒し、ちゃった？」

やればできるこ！

◇◆◇◆◇

「……みなさんお怪我はありませんか～？」

ぐったりしている「折れぬ牙」のみなさん、そしてるーきゅんに、私はそっと声を掛けた。

とりあえず危機は去った。

いやー、あれから大変だったんだよ。まず何が困ったって、オシリスの電池切れね。念のため両手で三回ばかり、渾身の力を込めてぎゅ～って壁に押し付けてみたんだけどさ。出力上げすぎたのか、そのまま動かなくなっちゃって。

いやもうほんとあいつ恐ろしいほど燃費《ねんぴ》悪いの。一応予備バッテリーも持たされてるんだけど、差込口が頭の装甲一枚めくったところだから戦闘中に交換するのは、ちょっと。

こういう不便な仕様はわざとなのだと思われる。さっきちらっとワンさんが口にしたとおり、私が裏切らないとも限らないので。ギルドめぇっ！（ギリギリ）

それから、ゴーレムの後ろから現れた三匹目。これがまた運の悪いことに、物理アタッカーの皆様に大変不人気なゴースト系だった。

ゴースト系の何がイヤって、せっかく倒した魔物に乗り移ってしまうことである。しかも、ゴーストに限っては核を持たないので、焼きつくす以外に対策がないらしい。

そんなゴーストが、丈夫さが売りのゴーレムに乗り移ってしまったからさぁ大変。私がみたところ、まだ本体も一応生きてたんだけどな～。

ゴーストが乗り移ったとたん、ゴーレムは別人のように（ヒトじゃないけど！）凶悪になった。

再生スピードがさらにアップするわ、身体から破片飛ばしてくるわ、動きも素早くなってリオウさんの掘削作業がちょいちょい中断されるわ……。

そんな中、るーきゅんがせっかく核をむき出しにしても、リオウさんが「俺が俺が！」って感じで出てきちゃってさぁ。もうほんとダメだあのヒト。生粋《きっすい》の目立ちたがり屋さんなんだ。あと、バカ。

いっそのことリオウさんを撃ち落としたろか、と銃取り出して構えたからね、私。

いや、正直言うと実際に麻痺弾撃ったんだよね。しかし残念なことに標的には当たらず、弾はゴーレムのお腹に吸い込まれた。

当然あんな巨大モンスターにダメージが通るわけもなく、るーきゅんには叱られてキリルさんにはバカにされた。「そんなもの、効くわけありませんわ」って、んなこたわかってんだよ！　お前んとこの困ったちゃん止めようとしたんだよ！　言えないけど。でもでも、役立たずでごめんなさいっ！

ヴィトちゃんはちゃんと役に立っていたんだよなぁ。私一人を円の中に残して、さささっと結界から出ては的確にトラップを配置して戻ってくる、というやり方で。

戻ってくると、毎回おみみがぴるぴるしていたし、たぶん怖がってはいたんだろうけど。

でも、魔物がトラップに引っかかるたびにちっちゃく「よしっ！」「かかったぁ！」「よんれんさっ！」とかいいながら、しっぽふわふわさせてたからなぁ。

まったくもって末恐ろしいもふもふである。

結局ゴーレム班は、るーきゅんが大人になって完全にリオウさんのフォローに回ったことで作業効率が上がり、なんとか倒すことができた。

ちょうどその頃サイクロプス班も、キリルさんの必殺技「追尾する鋼《ディア・フライシュッツ》」、ワンさん増幅バージョンが炸裂して、決着が付いていていた。

「そっちも終わったみてぇだな」

「満足しましたか、リオウ」

「まったく、リオウの無茶にはあきれてしまいますわ！」

「あぁ、すまなかった。だが、ルークレスト殿と共に戦えて、満足した。言葉で語るよりもお互いわかりあえたと思う。なぁ、ルークレスト殿」

「全っ然」

おいおい、なぁにいい感じの友情物語で終わらせようとしてんだよ。るーきゅん見ろよ、すっごく怒ってるのわかんないかな。

言っとくけど、ギルドへの報告はキッチリするからな？　老舗の花形パーティーがしでかしたことだから、冒険者のイメージダウンを避けるために表だっては発表されないだろうけど、それ相応の罰は下るの確実だからな？

罰金とギルドへの無料奉仕、それといくつかのペナルティーくらいは覚悟しとけよ！

……まぁ今は水を差すまい。絶体絶命かと思われた危機を脱したばかりなんだし。なにより私も気疲れしたし。

「みなさんお疲れさまでした。お茶でもいかがですか？」

あの笛で寄ってきたモンスター全部倒したんだから、しばらくこの場所は安全だよね。ほら、休憩しよ、休憩。


ぎ、ぎぎ、ぎ……

「お昼の時間というにはちょっと遅いかもしれないですけど」

ぎぎぎぎぃ、ぎっ、ぎぎ……、

「きゅ、休憩でも……いかがで……」

気のせいかな～？　さっきからなんか変な音が……。金属がこすれるような音が聞こえるんだけど。

ぎぎぎぃ、ごりゅっ
音はオシリスから、というか、オシリスの手のあたりから出ているような気がする。

あ、あああ……。

「核《コア》、取り出してないよね？」

るーきゅんが、ちらりとこちらに振り返った。

そうそう、そうだった。遺跡の魔物って、核を取り出さないと死なないんだよね～。すごいよね～丈夫だよね～。ね～……。

「まさか、アレで倒したつもりになって忘れてた？」

「ご、ゴメンナサイ」

「もうっ！『暴食』様ったら！　しっかりしてくださいませっ！」

そうは言うけどここまで持ちこたえたことをもうちょっと評価してほしい。そりゃまぁ、すっかり忘れてたけど。ちょっと調子乗っちゃってたけど。

「『暴食』殿よぉ。あのデカブツ、本当にうごかせねぇのか？」

「ちょっと、この状況だと難しいかなーと……」

「ちっ、使えねぇな」

うわぁん、切り札を役立たず扱いされたっ！

「とはいえ、イジェット。折角あの状態で固定されているわけですから。下手に動かして逃がすようなことになっては目も当てられませんからね」

現在鳥は胴体部分の再生を終えて、オシリスの両手と壁の間から何とか抜け出そうともがいている。

あの丈夫で重いオシリスを、少しとはいえ押しのけてるんだから大した根性である。

「核の場所さえわかれば、対策の練りようがあるのですが」

「私とルークレスト殿とで先ほどのように切り刻むというのはどうか？」

「いいえ、あの外皮は相当硬いでしょうから、時間がかかりすぎます。むしろ高火力で焼き払うのが一番、なのですが……。いささか触媒《しょくばい》の量が心もとないですね」

「触媒が……。では、わたくしの魔銃の増幅も、難しいのですね？」

ちっ、使えねぇな「折れぬ牙」！（さっきの仕返し）

しかし、うん、そうか。高火力ね。それなら私、持ってますよ？

「あ、あのー。私に一つ提案があるんですけど……」

難しい顔でああでもないこうでもないと議論している皆さんにむかって小さく手を挙げ発言アピール。聞いて～、私の話聞いて～。

「なに、また何か出すつもり？　いい加減にしないとアンタの保護者に苦情言うよ？」

「ち、違うよルーク君。ちゃんとしたギルドの支給品だってば」

そう、オシリスには盾とブレード以外にも、ごちゃごちゃといらんオプションがあるのだ。飛行用パーツとかロケットパンチ用のアームとか追尾《ついび》ミサイルとか。

宇宙戦争でもしろってのか？　って疑問が浮かぶくらい、色々持っている。どれもエネルギー効率悪すぎて使えないけど。

で、まぁその中にビームライフルっつーものがありましてね。

もちろんこのライフル、七メートルちょいのオシリスが使うように作られているので、重いよ、おっきいよ？　一発しか撃てないよ？

「うまく角度を調節しておけば、あんな鳥一撃で消し炭だと思う！」

「なるほど、それは興味深いですね」

ワンさんが食いついた。

「では、そのビームライフルとやらに賭けてみましょう」

というわけで銃のエキスパートであるキリルさんに指示を仰ぎつつ、二百キロ弱のライフルをイイ感じの角度で設置することに成功した。我が家の家具たちも大活躍した。支えとして。

ほらみろ、持ってきてよかったじゃん。

「あとは、セーフティーロックを……、ルーク君、登ってくれる？　左側にあるから思いっきり押し込んで」

「コレ？　んっ……、固いんだけど」

そりゃ、四トンあるロボットが押すボタンだからな！　一人じゃ無理か。

「すみません、イジェットさんも一緒に押し込んでください。カチって音がするまで」

「ち。銃っつーのはめんどくせぇモンだな」

イジェットさんがぶつくさ言いながらがんがんボタンを蹴っている間に、次の作業に移る。

じゃじゃーん、乙女の必需品、電動ウィンチ登場！　重めの家具を再配置したあと、微調整するのにすごく役に立つんだよ、これ。

これを引き金に巻き付けて、と。む、うまく巻けないな。え、ヴィトちゃんやってくれるの？

「ぼく、ひもでぐるぐるするのとくいなんです」

「ほんとだ、上手～」

「確かに引き金も重そうですが……。イジェットが押し込むのでは駄目なのですか？」

「引き金にもセーフティーが掛かってて、一気に引かないとダメな仕様なんです」

「なるほど、スピードも大切なのですね」

ワンさんは作業を手伝う気なんてはなから無いようで、ひたすら興味深そうにオシリスとライフルの周りをうろついている。研究馬鹿ってのはこれだから……。

「『暴食』殿、私も何か手伝うことはないか？」

「あ、リオウさんは周りを警戒しててくだされればそれで」

ほんと、あなたこそ、それだけでいいから。もう余計なことしないでくれればそれで。

「おい、『暴食』殿！　押し込んだぞ」

「あ、はい。ありがとうございます。じゃぁみなさん離れてくださいね」

えーと、どのくらい離れたらいいのかな？　オシリスで撃ったときは、特に考えたことも無かったからわかんないや。まぁ適当でいいか。

「いっきまーす！」

ウィンチのスイッチぽち。

うぃぃぃぃぃぃ！

ぢゅっ！

「うおおおおおおっ？」

銃口から発射されたビームは一瞬で鳥を焼きつくし、壁に穴をあけ、ついでにオシリスの手を焦がした。ぼたり、と大きな核が落ちてきたと同時に、バランスを崩したオシリスがぐらりと傾く。

まぁ自動バランス制御はバッテリーに関係なく作動するから、倒れることはないんだけど。

では今の悲鳴はなんだったのかというと。

「ぼ、『暴食』殿っ！　危ないではないかっ！」

リオウさんが、バックキックで勢いよくひっくり返ったライフルに潰されかけた時のものである。

そっか、やっぱり一応バックキックってあるんだ……。見た目には光線出してるだけだからそういうの無いのかと思ってた。

「す、すみません。失念してました」

「ちょっと、銃を扱う者として迂闊《うかつ》すぎるんじゃありませんことっ？」

なんの被害も受けていないキリルさんが、ここぞとばかりにお説教を始める。うぅ、悪かったよぅ。

「まったく、『七罪』だかなんだか知らねぇが、素人の嬢ちゃん寄越されちゃたまったもんじゃねえや」

「武器を扱う者には責任が伴うということを、『暴食』殿は知るべきだ！」

……これがフルボッコという状態なのだろーか。向こうの言ってることが正しい分、そろそろ心が折れそうなんだけど。

「『ぼうしょく』さま、あの、あんまりおちこまないで……。『ぼうしょく』さますごかったですよ？　あのおっきいのでばっちーんて！　それにえっと、びーむらいふるもすごかったです！　ぼく、いせきでかべにあながあくのはじめてみました！」

ヴィトちゃん。あぁ、ヴィトちゃん！　かわいいっ！（もふっ）

「ありがとう、ヴィトちゃん」

その後、私がとうとうキリルさんとケンカしたり、ヴィトちゃんとアドレス交換したり、リオウさんに嫌味言ってちくちくいじめてやったり、イジェットさんにジーさんのお話せがまれたりと色々しつつ、数日過ごして。

私たちは、目的地である第六階層へたどり着いた。

EXTRA 4

ミサは天国にいた。

……死んでしまったわけではない。

言い直そう、ミサはもふもふ天国にいた。

ミサの担当者のミツキが、仕事の都合で遠くに行ってしまってから、三日たった。ミサはその間、ミツキの同僚のシルヴァリエの家に身を寄せているのだが。

もふもふである。天国なのである。

シルヴァリエには妻子がいる。

妻は、一見シルヴァリエとはつりあわぬ屈強な狼の獣人だが、それでももふもふである。結構気さくで、肝っ玉母ちゃんタイプのおばさんだった。

そして何より！　息子が！　二歳になる息子が！

「えへへ〜。毛繕いしましょーねぇ」

「やー！」

豆シバのようなその姿を見ると、ミサは構わずにはいられない。

ちょっと構いすぎて嫌われたような気がしなくもないが、うん。この先親密度があがっていけば大丈夫だと思う。

「ミシャさん、息子の面倒みてくださってありがとうございますぅ」

ほら見ろ、父親であるシルヴァリエもこう言っている。

だからアレは気のせいだ。

自分が構うたびに、豆シバの頭上に先端の下がった青い矢印が浮かんで見えるのはきっと、気のせいなのだ。その大きさが、どんどん大きくなってきてるっていうのも、きっと。

◇◆◇◆◇

「せんせー、どう思いますぅ?」

ミサは、訓練所の教官に相談してみることにした。

「どう思うもなにも、はじめから話してくれなくてはわからないぞ、ミシャ」

それもそうですね、とミサは頷いた。

ここ最近ずっと悩んでいたので、すっかり説明したような気分になっていたのである。

「えっとですね。人の頭の上に、矢印が見えるんです」

こ~んなの、と、ミサは地面に二種類の矢印を書いた。

片方は、先が上向きにカーブしているもの。これは、赤い。「赤」と書き入れた。

もう片方は下向きにカーブしているもの。つまり、かわいい豆シバちゃんの頭上にちょいちょい出るもの。「青」と添える。

「最初は、異世界だし、てっきりそういう種族の人か、魔法なのかなって思ってたんですけど。人によっても、日によっても大きさが違ったりして。これってもしかして、あたしの『能力』ってやつじゃないかなって」

「来たばかりの頃から見えていたのか？」

「ん〜、……たぶん？」

ミサにとっても、いまいちわからない。その矢印はふっと浮かんでは消えるのだ。

気がつくと誰かの頭の上にぴこん、と現れる。もしかしてこれがあたしのチートなんじゃ、と思ってきっちり意識するようになったのは、豆シバちゃんに構いだしてからのことである。

「例えば、今、私の上には見えるか？」

「見えないです」

「うぅむ」

教官は、少し離れたところにいる子供たちを指さした。

「あの子供たちの中では、どうだ？」

「えっと……」

十数名いるだろうか。ミサは彼らをじ〜っと見つめてみた。中の一人と目が合う。

途端に、その子の頭上に青い方の矢印が出現した。かなり小さい。

彼が友人たちに何か言っている。みんなが一斉にこちらを見た。ぽん、ぽん、と小さな青い矢印を頭上に浮かべながら、子供たちはわーっと散っていった。

一体、あたしが何をしたっていうの！　少し腹が立った。

「えっと、なんか青くてちっちゃいのがぽんぽんぽ～んって」

「う、うむ。では他に、どんなときに見える？」

「え～と」

ミサは目を閉じて、できる限り思いだそうとした。初めて気がついたのはいつだったか。確か……。

「あ、そだ！　ユリウスさん！」

「ヤツか……」

どうせ青くて巨大な矢印が常駐《じょうちゅう》しているのだろう？　という教官に、ミサは噴き出した。

「ユリウスさんが、ミツキさんとしゃべってるときに、たまに出てました。赤くて、上向きなのが」

「なんだとっ？」

「あと、あー、ミツキさんが言ってた、ストーカー？」

「あぁ、デリチェの王子か」

「あの人の話したとき、ミツキさんの頭の上で青いのが出ました」

「ふむふむ」

「それから、えーと」

ミツキのお気に入りのパン屋の娘が、ある中年男性に接客しているときに赤いのが。

シルヴァリエの家のお隣に住むペンギンの獣人の男性が恋人と話しているときに赤いのが。

酒場のおねーさんが、絡んでくるよっぱらいににこにこしているときに青いのが。

……うん。

「これってもしかして、好き、嫌い、なんでしょうか」

そうだ、どうして気付かなかったのだろう。色も形も、すごくわかりやすかったのに。

だから先日、ユリウスとミツキの関係を聞いたときに、ユリウスの好意を確信したのだった。「あの赤い矢印はつまり……」と。

「えー、そっかぁ。あたし、豆シバちゃんに嫌われちゃったんだ……」

「あ、相手はまだ子供だ！　気にするな！」

「あーぁ、『ぼくおねーちゃんとけっこんするのー』とか、言われてみたかったんだけどなぁ」

「男のそういう口約束は真に受けてはいかんぞ。大抵、泣きをみることになる」

「せんせ……？」

「今のは忘れてくれ」

元勇者様も一人の女であるらしい。

「ん～。まぁ、構いすぎちゃったかなって、実は思ってたので！　まだまだ挽回《ばんかい》できると思うんです」

ミサはぐっと拳を握りしめた。

それよりも大事な問題がある。まずはそちらを考えなければ。

「せんせい、好き嫌いが見えちゃうのって、『七罪』に入っちゃいますかね？」

ミサに悪気はない。見えてしまうのは仕方がないと思うし、言いふらす気もない。

でも、プライバシーの侵害だと、怒る人がいるかもしれない。

もしもこの能力が「七罪」に入るとしたら、どんな名前が付くだろう。残っているのは嫉妬と怠惰。

う～ん……。

悩み出したミサを前に、教官はぷっと噴き出した。

「いや、さすがにそのくらいでは『罪持ち』にはならんだろう」

「ほ、ほんと？　カンキンされたりしないかな？」

「ミシャがその力を使って悪さをしなければ、大丈夫だ。まぁ、デリケートな能力だからな。少々制約がつくかもしれないが」

教官は優しく、ミサに微笑んだ。

「さぁ、ミシャ。まずはギルドに報告しようか」

すべてはそれからだ。

第四章

エルフとギルドと魔女の檻

この遺跡の第六階層の探索は、実はまだ半分ほどまでしか進んでいない。

ここまでたどり着ける冒険者が少ないのと、生活のために冒険者をやるならば未知のエリアに踏み入るよりも四〜五階層を回っている方が効率よく稼げるから。

ごく一部の、実力に恵まれ資金が潤沢《じゅんたく》で探求心と向上心と名誉欲のあるパーティーか、ギルドから依頼を受けている冒険者だけが、このエリアを探索しているのだ。

ちなみに「折れぬ牙」の皆さんは前者、るーきゅんは後者ね。

六階層に入ったところで、私たちはちょっと早めのキャンプを張った。あと半日足らずの距離らしいので、無理せずに英気《えいき》を養っておこうってことで。

ついでに、ルートの打ち合わせをするのである。

回収対象がある場所は、今回初めて「折れぬ牙」が見つけたお部屋で、当然るーきゅんさえ足を踏み入れたことがない。

まぁ、このメンバーなら大丈夫だとは思うんだけど、万が一はぐれたときにどこに向かえばいいのかを打ち合わせておくのが、正しい冒険者の姿であるらしい。(と、ここ数日で悟った)

冒険者さんってのは、ほんとに気の休まらない生活してんだなぁ。帰ったら改めて、ミサさんに教え込まないと……。

あ〜ぁ、ミサさん今ごろどうしてるんだろ。シバさんちに迷惑かけてないといいんだけどなぁ。それとも息子さんとキャッキャうふふしてるんだろーか。あぅうらやましい。

私が帰る頃には、能力発現《はつげん》してるといいなぁ。できればこう、食うに困らない程度に使える能力。そんでもって、冒険には向かないやつ。

テキパキとキャンプ支度を終えた私たちは、壁に寄り掛かって（これも、基本中の基本らしい）座りこんだ。それぞれ夕食を手にしている。

ちなみに、私の今夜のごはんは鮭茶漬け。なんか、新作って書いてあったから買ってみたんだ。レトルトパックの注ぎ口に水を入れて、真ん中をぷちっと押すとあら不思議、あったかいお茶漬け完成！　ただし、パックの吸い口から直接食べましょう、って熱いよ！　改善の余地ありだよ！

「部屋を見つけたのはヴィトですのよ」

キリルさんがドヤ顔で説明を始めた。

「ルークレストは、南西エリアの無限回廊をご存じ？」

るーきゅんはこくんと頷いた。……なぜ私には聞こうとせんのか。そりゃ確かに、私は冒険者さんじゃないけどさぁ、予習はしてきてるんだよ？

確か、一回入ると三日間くらいくるくるくるくる同じところを歩かされる仕掛けだよね？　一定の距離を歩くと、最初の地点に戻されるっていう。

「最近この遺跡の六階層探索は、どのパーティーも行き詰まり気味でしょう？　私たち、思い切って初心に返ってみることにしたのです。それで、あの場所に行ったのですけれど」

ただの時間の無駄だと、最近は誰も寄りつかなかったその無限回廊の中で、ヴィトちゃんはふと違和感を覚えたのだという。

「ちょうど、ぼくのあたまくらいのばしょに、ちっちゃなあながあったんです！」

それは、ピンで刺したくらいの小さな穴だったが、一定時間歩くと出てくるその穴が、ヴィトちゃんはどうしてもどうしても気になってたまらなくなり、パーティーの足を止めた。

「それで、おもいきってはりをさしてみたんです！　そしたらぷしゅ～ってひらいて！　たっちぱねるがでてきたんです！」

そのタッチパネルの暗号だかなんだかを学者組が解析して押してみたところ、壁がぱくりと割れて隠し部屋が現れた、と。ふむふむ。

「ヴィトちゃんすごいね！　お手柄だね！」

ぱちぱちぱち、と拍手すると、ヴィトちゃんははにかんで「きゃ～」と顔を隠した。か、かわいい。

ヴィトちゃんの頭をぐしゃぐしゃとなでながら、イジェットさんがにぃっと笑う。笑っても怖いってどういうことなの。

「しかもだな、聞いて驚け。なんとその部屋は『神殿』だったんだ」

「へぇ」

あ、るーきゅんが！　るーきゅんが興味を示した、すごい！

確かになぁ、新ルート発見とか隠し部屋発見ってのはそれだけでギルドからかなりの報酬が出るからね。つまり、冒険者さんにとってはそれほど重要な情報ってことなんだよね。

しかもそれが魔物が寄りつかない聖域とくれば、その価値は計り知れない。

発見報酬と、公開料と、使用ライセンス料と……。すげーや、「折れぬ牙」のみなさん、もう一生安泰《あんたい》じゃないか？

まぁ、四階層でのあの事件がどの程度響くかにもよるけど。

実はあのこと、まだ報告してないんだよね。

遺跡内での電波使用料ってバカ高いから、一日一回、生存報告くらいしかできない。ギルド負担上限額超えたらと思うと怖くて怖くて。

あとでレポートに書いて提出しなきゃいけないんだけど、さて、どの程度書くかなぁ……。

ここ数日で絆《ほだ》されちゃった上にヴィトちゃんが気がかりでなぁ。

「しっかしなぁ、検証だの回収だの命じられたお蔭で、今回はあいつらにも不便掛けちまったなぁ」

イジェットさんが携帯食料（駆け出しの頃の気持ちを忘れないために、彼はあえてレトルトを拒むのである）を噛みちぎりながら、残り少ないお酒をちびりちびりやりだした。

なにを隠そう、私が持っていた調理用のお酒である。ジーさんのお話をしてあげるついでに献上《けんじょう》したら、だいぶ態度が柔らかくなった。

そうすると不思議なもので、キリルさん、リオウさん、ワンさんの態度も軟化して、いつのまにか「暴食殿」ではなく「ミズキ殿」と呼ばれるほどに打ち解けた。

え、エライヒトへの貢ぎ物効果ってしゅげぇ……！

いやまぁ私、親密度上げるのはヴィトちゃんとだけでよかったんだけどね。

特にキリルさんとはどうも馬が合わん。絶対るーきゅんをねらっているに違いないんだあの羽虫娘っ！（ぎりぎり）

「明日は、ミズキ殿に手料理でも振る舞ってもらうかな」

「久々の出来立てのメシか……」

「あちらには確か、まだ三本ほどブランデーが残っていたはずですから、つまみになるものが良いでしょうね」

「ルークレスト殿は飲まれるのか？」

「……ん。フツー」

男性陣が酒盛りの計画をたて始めたっ？

え、何このヒトたち。あのさ、しつこいようだけど私護衛対象。炊事係りじゃないから。

ん～、でも彼らは、もう一週間以上遺跡の中にいるんだよなぁ。確かにレトルトには飽きてる頃かもしれない。

レトルト、美味しいんだけどさ。なんかこう、やっぱり違うんだよねぇ。いやぁほんとこの数日で、ご飯は味だけじゃなくて器や盛りつけも大事なんだなってバッチリ学習させてもらったよ。

うんまぁ、いいだろう。なんか適当に作るくらい。ヴィトちゃんや、愛しのるーきゅんの「ついで」だと思えばおやすいご用さっ。

私はそう思って、愛想よく「いいですよ」と頷いた。

◇◆◇◆◇

ほあああああ……。

「何ぼ～っとつったってんの」

真後ろから掛けられた声で我に返る。

あらやだ私ったら、大口開けてるとこるーきゅんに見られちゃったかしら？

「え、あぁ、きれいだなって」

だって、部屋の天井から、壁から。緑色の燐光《りんこう》を放つ光の玉がいくつもいくつも降ってくる。まるで雪みたいじゃぁないか。いやむしろ、星？　蛍？

ためしにひとつ捕まえてみようと手をのばすと、光はぽぅっと小さく音をたてて、溶けて消えてしまった。なんて儚い。

床は一歩足を動かすごとに瑠璃色にきらきらと煌めいて、まるでどこかの南国の海の真ん中に立っているみたいな気分になる。なにこれすっごく幻想的。ろまんちっく！

やばいやばい、この部屋でるーきゅんとふたりっきりだったら、うっかりプロポーズしちゃうところだった。脈絡もなく「君と一緒にこの愛の海で溺れたい」とか血迷ったセリフ吐き出すところだった。

あっぶなぁ！

……という内心の動揺を押し隠して、何食わぬ顔で振り返る。

「下の『神殿』とはだいぶ違うね」

こっちは神殿というよりむしろ、うん。もっと原始的な、パワースポットみたい。

少なくとも私のイメージしてた神殿とは違う。神秘的過ぎて、祈るよりも感じるための場所って気がする。

そう私が言うと、るーきゅんは肩をすくめた。

「アンタの世界って、変わってるよね」

「え、なんで？　どこが？」

「神殿って、神様を祀《まつ》る場所じゃん。形なんて決まってるもんじゃないでしょ。むしろオレの世界は、こんな感じのが多かったけど」

「私の感覚がおかしいだけかも。世界単位で変わってるって言われると、なんか、……地球に申し訳ない気がする」

「知らないよ、そんなの。オレの知ってるアンタの世界ってさ、アンタのことだけだから」

る、るーきゅんっ？（きゅううううん）

なっ、なにをいいだすですかこのにゃんこはっ！　いきなりそんな、そんな、君は私を殺す気か？

キュン死させる気なのかっ？

あーやばい、顔が溶けそう。ものすごくだらしなく蕩けそう！

「る、ルーク君のいた世界って、どんなところだった？　いつも私ばっかり話してるよね」

「どんなって。……アンタの世界に比べたらとんでもなく野蛮な世界だよ。聞かせることなんか無い」

「私がいた世界も、そんなにお綺麗じゃなかったよ？」

「でも、アンタ見てればわかるよ。『文明的で平和』な世界だったんだろうな、ってね」

え、あの、本当にどうしたの、るーきゅん。今まで元の世界のことなんて、私に話そうとしなかったのに。もしや本気で私にトドメを刺そうとしてるんだろうかって心配になっちゃうよ？

はっ、それともまさかこの雰囲気に飲まれた？　え、この流れでどさくさに紛れて私たちの（心の）距離が近付いたりしちゃうっ？　もしかしてちゃんす？

……と、まぁ、そうはうまくいかないのが世の習いである。

「ルークレスト殿～！　ミズキ殿～！」

向こうの方から、リオウさんが仲間を連れてやってきた。そして、あっという間にるーきゅんを取り囲む。ひ、引き離されたぁ！

「『折れぬ牙』のメンバーを紹介したい。まず、こちらが……」

なんだこの天の川？

くそぅ、もうちょっとだった（かもしれない）のにっ！　ちぇっ、仕方ない。じゃぁ今のうちにお仕事すませちゃおうっと。

「イジェットさん、それで、私は何を回収すればいいんでしょう？」

さすがに数日間一緒にいたメンバー（リオウさん除く！）は落ち着いたもので、るーきゅんを取り囲んではいない。

でもさぁ、「仕方ねぇなぁあいつらは」みたいな余裕の表情で眺めてるその様子はちょっと痛いよ？

あなたたちだって初対面の時は興奮してたじゃん。

「ん、あぁ。アレか……。アレはだな、あー、あっちだあっち。その、なんだ？」

イジェットさんが言いよどんで、ワンさんに目くばせする。なんだなんだ？

「あぁ、例の物はこの奥にあるんです。でも今夜はやめておきましょう。少々てこずりそうなので」

「そうなんですか……？　でも私、取り込むのは一瞬ですみますよ？」

「それでも、です」

ワンさんは何故か私を奥に行かせたくないみたいで、読めない笑みを浮かべて私を押し戻した。

「それよりもミズキ殿。手料理を振る舞うという約束は？」

ワンさんが強引に話題を変えつつ、一歩踏み出してくる。私は思わず後ずさった。

くっ、な～んかこの人、苦手なんだよなぁ。どこか似てるんだもん。誰に、とは言わんが。(怖いから)

「おぉ、そうだそうだ！　あいつらに一つ、うまい酒のつまみを頼むぜ！」

更に、ばしぃん、とイジェットさんに背中を叩かれる。いってえええぇ！

「お酒のおつまみって、大したもの作れませんよ？　材料だって無いし」

「み、みずきさま！　ぼくもてつだいます！」

「私も手伝いますわ。変なものが出てきては困りますもの」

潰すぞこの羽虫がぁ！

「おぅ、期待してるぜ～」

イジェットさんはそう言ってひらひらと手を振ると、酒を探してくる、とワンさんと共に消えてしまった。うん。なんか絶対誤魔化されたよね。

結局、芽の出かけたジャガイモが大量に見つかったので（買ったの忘れたり収納場所が無くてとりあえず突っ込んだりしたまま、取り出し損ねたのが数袋）、危なそうなところだけくり抜いて切り刻んで、全部フライドポテトにしてやった。

そんなんでも、レトルトに飽きていたみなさんには大好評で、私はなんだかいい気分で眠りにつくことができたのだった。

で、翌朝。なぜかイジェットさん、ワンさん、るーきゅんだけ、という少人数で回収対象のもとへ連れてこられた私は、どうして彼らがギリギリまで隠そうとしたのか、ようやく理解した。

「ミズキ殿、お願いします」

何でもないことみたいに、言うなよ。

「このフラスコごと持ち帰るように、との指示です。周りに仕掛けなどありませんでした。どうぞ」

淡々と促すワンさんに、私は首を振った。

「いや、これは、その……」

さて、どうしたものか。

私の能力は、対外的には「なんでも取り込む鞄」ということになっている。

能力が発現したばかりの頃は、随分と色々な実験につき合わされたものだ。何を取り込めるのか、どのくらい取り込めるのか、どういうシチュエーションで取り込めるのか。

正直、バカじゃねーのこいつら、と思うくらいしつこく、ギルドは私の能力を危険視して、徹底的に調べた。

まぁ、あの頃は素直になんでも取り込んだねぇ。

解体寸前のお城に始まって、山とか、湖とか、畑とか、色々。

ちょ～っと目測を誤まって、指定範囲より広めに取り込んじゃったり、逆に一部だけ切り取る形にしちゃったりと、失敗もあったけどな！

とりあえず私は、ギルドお抱えの研究者さんたちの言いなりに、飽きもせず何回も何回も繰り返される実験につき合った。

私のために、ユリウスさんが何か面倒な取り引きしたのわかってたし。あんまりわがまま言ったら悪いなーって。

だけど。

確かにその気になれば何でも収納することは可能なんだけど、その気になれないものもあるわけですよ、かよわいおとめだもの！

「これ……、『ヒト』に見えるんですけど……」

かつて私は、一度だけ「ヒト」を取り込んだことがある。

探査機による内部調査の結果、大気成分にも温度にも問題がなさそうだと判断したギルドが、現訓練所の女教官を取り込むように、と命令を下したのだ。拒否権はなかった。

彼女は三日間の期限付きで、私の「鞄」の中を探索する予定だった。

今でも覚えている。彼女を取り込んだ瞬間こみ上げて来た猛烈《もうれつ》な吐き気。

例えるなら、そうだなぁ。あ～。私、レバーが食べられないんだよね。

一回焼き肉屋さんで、普通のお肉と間違えてお箸をつけちゃって、戻すのもアレだしなんとか食べてみようとしたんだけど、口に入れた途端吐き気がしちゃって、でも人前で出すわけにもいかないし。

涙ぐみながら飲み込んで、お茶で流し込んだっけ。

あの感覚と一緒だ。

うまく言えないけれど、自分がとんでもないことをしてしまったと思った。人として、侵しちゃいけない領域に踏み込んだような強烈な罪悪感に襲われた。

ユリウスさんいわく「それは七罪に『なった』という自覚でしょう」ってことだったけど、よくわからん。

とにかく、その吐き気と眩暈と、ついでに発熱に耐えながら、それでも一日は踏ん張った。

でも頑張れたのはそこまでで、結局私は過呼吸に陥って、これ以上は危険と判断したユリウスさんの独断で、実験は中断されたんだよね……。

以来私は「ヒト」を取り込もうとするたびに軽いパニックを起こすという、厄介な体質になってしまったのである。

もちろん、ギルドから派遣されたカウンセラーさんとか、そっち系の能力者さんと一緒に治療もしてみたんだけどさぁ。なんか、うん。ダメったらダメ。

というか、ダメだという先入観が邪魔して取り込めないんだよねぇ。ギルドも、そのへんよぉくわかっているはずなんだけど。

取り込め、と言われているのは、巨大なフラスコの中に、身体を丸めて浮かんで眠る、これまた巨大な女性だった。オシリスくらいのサイズじゃなかろうか？　下の「神殿」にある女性の像と、顔が似てる気がする。

「このヒト、ずっと眠ってるんですか？」

起こして連れてくわけには……いかないですよねー、そうですよねー。

いや、わかってるからそんな目で見ないで。なにいってんのばかじゃないのあたまおかしいのって顔しないで。

「一応確認しますけど、私が『ヒト』を取り込めない体質だって、聞いてます？」

もしくは、取り込む対象が「ヒト」だって、ギルドに通知してます？　と問えば、イジェットさんは

「あたりめぇよ」と頷いた。

「だがなぁ、ミズキ殿よぉ。やってもらわにゃなんねぇんだよ。でなきゃ、いつまでたっても俺たちは帰れねぇ」

回収するまで帰ることまかりならん、というギルドのお達しを聞いて、私は悟った。そうか、そういうことか。

現地に送り込んでしまって、それで、無理やりにでも回収させようと。そういうことか。

この場にいるのはイジェットさん、ワンさん、そしてるーきゅんと私の四人だけ。なんだかんだ言いながら私を庇《かば》って甘やかしてくれるユリウスさんはいない。

そういう状況に追い込んで、ギルドは。

「ルーク君も、知ってたんだね？」

彼が護衛として選ばれたのもきっと、私に言うことを聞かせるためなんだろう。私が彼に弱いと知っていたから、彼を選んだに違いないんだ。

るーきゅんは「まぁね」と頷いた。

「あのさ。昨日も言ったけど、アンタの世界って平和だよね。それにきっと、モノとかにも恵まれてたんでしょ」

「……そうかもね」

「特にさ、アンタって『やりたくないことはしなくていい』って、たっぷり甘やかしてくれる国で育ってそうだよね」

るーきゅんが珍しく言葉を選びながら、私にゆっくり言い聞かせるように話す。

「でもさ、ここは、アンタのいた世界じゃないんだよ」

望んで手に入れた力じゃなくても、背負わなきゃならない義務って、あるだろ、と。

……三歳で勇者様の宿命を背負い、十二歳で旅立ち、十四歳で魔王を倒した彼の言葉は、とてつもなく重かった。

ほんと、るーきゅんの言う通りだ。

私みたいな小娘が、仕事内容に見合わぬほどのお給料をもらって、最高級装備を支給されている意味。

それは「こんな時にギルドの役に立つため」ではなかったのか。

与えられた権利には甘えているくせに、義務は果たせないだなんて、無駄飯喰らいもいいところだ。

そんなんで何が「暴食」だ。このままでは、喰うのは経費だけじゃないか。

おっかなびっくりフラスコに近づいて、右手を伸ばす。

うわ、おもしろいくらい震えてる。なんだこれ、キモチワルイ。自分の身体じゃないみたい。

「ちょっとまってね」

一旦手を引っ込めて、左手で手首を押さえてみた。

それでも震えは止まらず、じっとりと汗がにじんでくる。

うわぁ、うわぁ。手のひらに汗とか、なんか恥ずかしいな。乙女として。

「大丈夫、ちゃんとお仕事するから。だいじょぶだから、ちょっとまってね」

しっかりしろ、満月《みつき》！　ここで頑張れなかったら女が廃《すた》る。

るーきゅんにも呆れられちゃうだろうし、「折れぬ牙」のみなさんにも迷惑かけることになるし。それに、もしかしたら。

私はまっすぐワンさんに視線を合わせた。彼は眉一つ動かさずに、こちらを見据えている。見極めようとしている。

うん、間違いないね。彼は……。

「リミットは、半日です」

これでもあなたの保護者が粘って、掛け合った結果なんですよ、とワンさんはため息をついた。

「あのユリウス氏も養い子には甘いのですね。恩を仇で返すような真似だけは、しないでくださいね」

「査定官、なんですね？」

「ええ」

ワンさんはこくりと頷き、懐から小型端末を取り出した。あぁ、表面にギルドの紋章のホログラム。

リンゴに巻き付く蛇。そしてその蛇を狙う、一本の槍。

紛《まが》う方《かた》なき、査定官用の身分証だ。

「たまたま今年、お役目が回ってきまして。まさか持ち回りの臨時査定官ごときがこんな大役を命じられるとは思ってもいませんでした」

「私だけじゃなくて、ルーク君の査定でもあるんですね？」

この質問には、彼は沈黙で返した。

つまり、リオウさんのアレ……はさすがに想定外の暴走だったかもしれないけれど、たきつけたのはワンさんってことか。

るーきゅんの戦い方を観察して、これからも投資する価値があるかどうか確かめるために。

そして私が血迷ったときに、即座に「正しい」行動をとれるかどうか、「観る」ために。

……いや、わかってたけど。わかってたから今更だけど、あえて今、言わせてもらう。

冒険者ギルドえげつねぇ！

「つまり私が半日以内にこの……ヒト、を取り込まないと、私は処分されるんですね？ ルーク君の手で」

「世間知らずのお嬢様かと思っていましたが、そこまでお気楽ではないようですね」

わーい、ほめられちゃった？

「ミズキ、いや、『暴食』殿よぉ。俺ぁ人間が嫌いだ。あんたとも多少は馴染んだが、正直、始末しろって言われりゃ躊躇《ためら》いなくやれる。だが、割り切れねぇやつだって、いるだろうよ」

イジェットさんが気まずそうに頭をかいて、ちらりとるーきゅんに視線をやった。るーきゅんは見事に無表情を保っている。

なんつーかこう、十六歳の男の子がこんなに落ち着いていていいのだろうかってくらい、静かな目をしている。

本当の気持ちはどうであれ、この子はいざとなったら私の息の根くらい、一瞬で止めちゃうんだろうなぁ。やだなぁ、そんなことさせたくないなぁ。この子に、そんなひどいことしてほしくないなぁ。

私はもう一度フラスコに向けて、そろりと手をのばした。

ぞわわわわっ。

身体中の産毛という産毛が逆立つ。心臓の裏で、何かがコロンと跳ねたような衝撃。

ころん……ころっ、ころん……。

「はっ、ぅ」

やばいやばい、心臓が跳ねすぎたせいか気管が痛くなってきた。急げ私。負けるな私！

イジェットさんもワンさんも、るーきゅんも。瞬き一つせずにこっちを見ている。そんな気がする。

確認したわけじゃないけど。

ええい、女は度胸だ！

よし、てめぇら、そのまま目ん玉ひんむいてよぅく見てやがれっ！

私は体当たりするように、フラスコに抱きついた。

いやだいやだいやだおぞましいいきもちわるいいだってわたしはにんげんなのにふつうのにんげんだったのにひとをたべちゃうなんてそれってともぐいみたいじゃないかいやちがうたべるわけじゃないしまうだ

けなんだでもぼうしょくってたべるってことじゃないのわたしがこのひとをたべるってことなんだよねわたしってなんてあさましいんだろうそこまでしていきるかちがあるのかないっそしんだほうがいいんじゃないのかなわたしなんてどうせいらないっていわれたんだしこんなおもいしてまでどうしていきようとしてるんだろうみんななんでこんなひどいことわたしにさせるんだろういっそのことせかいなんかなくなっちゃえばいいのにそうだわたしがみんなのみこんじゃえばいいんだそしたらもうにどとこんな

頭の中で、制御できない「私」が騒ぎだす。実を言うと、なんて言っているのか、何を言いたいのかはよくわからない。ただ、これが聞こえだすと頭痛が。ひどい頭痛がするんだ。

私はゆっくり自分の呼吸を数えることに専念した。

今は考えるな、何も考えるな。

ただひたすら、その名にふさわしくあれ。

貪欲に、飲み込め！

◇◆◇◆◇

「あれ？」

ぼんやりする視界の中、やけに間近で猫耳が揺れている。ゆらゆらと、一定のリズムで、私も揺れている。

あったかいな。なんだろう。

「あ、みずきさま！　だいじょうぶですか、おみずのみますか？」

あれぇ。ヴィトちゃんだ。でも、いつもと微妙に見え方が違う。角度が、いつもより急なんだけど。

なんで？

「寝てなよ、そのまま」

るーきゅんの声がダイレクトに、身体を伝って聞こえてきた。あれれ、もしかしてこれっておんぶじゃない？　私、るーきゅんにおんぶされてるんじゃない？

そんでもって、さっきからヴィトちゃんが一生懸命腕を伸ばしてこちらに差し出してくれてるのは、彼女の水筒なんじゃないか？

「ありがと」

私は少し身を乗り出して、ヴィトちゃんから水筒をうけとろうとした。しかし、すっかり力を失ってふにゃふにゃになった身体ではうまくバランスがとれない。

危うくずり落ちそうになって、ヴィトちゃん共々るーきゅんに叱られるハメに。

うぅ、だってだって！

「ごめんなさい」

ヴィトちゃんはしゅんとして水筒を握りしめた。

ちがう、ちがうんだよヴィトちゃん。あなたは悪くないの。私が不甲斐ないばっかりに！　だからそんな、お耳伏せないで！　涙目でぷるぷるしながらこっち見上げないで、だっこしたくなるから！　ぎゅーってして頬擦りしたくなるから！　今はそんな体力ないよ、おねーさん……。残念極まりない。

「ヴィト、こちらにいらっしゃい。貴女がいては、ミズキ様が無理をしてしまいますわ」

見兼ねたキリルさんが、ヴィトちゃんの手から水筒を受け取って私に押し付けた。そして、ヴィトちゃんを促して前の方に連れて行ってしまう。

まって、いかないでもふもふ！　確かにヴィトちゃん見てると無駄に興奮しちゃうけど、でもキリルさんのそれは余計な御世話だぁっ！

「ヴィトちゃん……」

るーきゅんの肩越しに手を伸ばすと、彼女はふりむいてちょこん、とお辞儀してそれから手を振った。ああ！　肉球が！　肉球がにくきゅうが！

「はやくげんきになってくださいね」

はぅ。なんてかわいい生き物なんだろう。

「ありがとね」

私はそっと水筒をふってみせた。

確かに私も自分の水筒もってるから必要ないっちゃないいんだけどさ。でも、気持ちがうれしいじゃないか。あとでちゃんと返すからね。

水筒の水はよく冷えていて、飲むと少しだけ気分が楽になった。

ぐりっ、とるーきゅんの首に頭を押し付ける。

彼は一瞬ぴくりと首を震わせたものの、特にふりはらうことはしなかった。わぁい、優しい。でもさすがにこのまますりすりしたら怒るだろうなぁ。

と、冗談はおいといて。う〜ん、見事に記憶が途切れてるんだけど。つまり私は、アレを取り込んでそのまま気絶したのか？

「かっこわる」

ため息交じりに漏らせば、るーきゅんが「ふん」と笑った気配がした。

「誰もアンタにカッコよさとか求めてないし」

そりゃそうかもしれないけど！

「それに、こうなるだろうってわかってたし」

「う〜」

やっぱり、回収対象がなんなのか知らされてなかったのは私だけってことか。

思えば私を送りだす時のユリウスさんも、なんかおかしかったもんな。ワンさんの言ったことが本当なら、いつのまにかまた迷惑かけてたんだね。

手間のかかる娘でごめんよパパ……！

「そうだ。起きたならコレ飲んだら？」

るーきゅんが私の鼻先に、見覚えのある錠剤を差し出した。効き目の強い吐き気止めと、鎮痛剤。それから睡眠薬。

あー、うん。私にとっては三種の神器的なね。例の実験の時も随分お世話になったよね。なつかしー。

「メガネから差し入れ」

「用意がいいなぁ」

そーかそーか、私を送りだした時点で既に用意してたのか。つーか、荷造り用のチェックリストに入れといてくれりゃぁよかったのに。

「そんなことしたら、いくらアンタだって気付くだろ」

「そういや、そだね」

私に警戒させないためだったね。そうだよな、ちょっと考えればわかるよな。駄目だ、今、頭がうまく働かないや。

私はありがたく、吐き気止めと鎮痛剤を飲み込んだ。睡眠薬は、はて、どうしようかな。

「ルーク君、私降りなくていいかな？」

「だから、寝てなって」

うむ、これはこのまま運んでくれるってことでいいね？

ほんとはさ、ここで「大丈夫、歩けるよ」とか言って降ろしてもらうのが健気な女の子の正しい行動なのかもしれないけど。

それで数歩でヘバったらアホみたいだしなぁ。かえって迷惑だよね、降ろせ、寝てろの応酬とか。

よし、せっかくだから甘えとけ。

私はごくりと睡眠薬を飲み込んだ。もちろん、飲み込んだからと言ってすぐ眠れるわけではない。

残り時間を有効に使うべく、いつもより優しさ二十％アップ(当社比)のるーきゅんに絡むことにした。

「あれからどのくらい経ってるの？」

「半日くらい」

「転送装置までどのくらい掛かるの？」

「あと丸一日はかかるよ。いいから寝て」

まぁまぁそう言わずに。もうちょっと付き合ってよ。

「なんでルーク君が私をおんぶしてるの？『折れぬ牙』の『運び屋』さんは？」

大所帯のパーティーには、『運び屋』という職業のヒトが所属しているのが一般的である。

予備の装備やら食料やら、「冒険には必須だけど戦闘には邪魔」な物を運ぶ専門職で、種族特性的な力持ちさんとか、【増幅】や【空間】の能力者がよくその職に就く。

確か、負傷者や急病人を運ぶのも彼らの職務のうちじゃなかったっけ？　それなのになんでるーきゅんが？

「メガネから脅されてんの。ちゃんと面倒みろって」

……るーきゅんって、ユリウスさんほんとに苦手だよね。「落とされ」て来たばかりの頃からそうだったっけ？

獣人ってことでジーさんが担当者だったんだけど、るーきゅんは早々に能力発現してとっとと独立しちゃったんだよね。

家事が全くできないジーさんちにユリウスさんが作ったお料理を差し入れる、という重要任務で何度か接触はあったものの、ちょうどシバさんとこに赤ちゃんが生まれたばっかりでなぁ。

私ってばすっかりそっちに気をとられて、るーきゅんの魅力に気付いたのはだいぶ後になってからだったんだよなぁ。もったいねー。

初めの頃は「かわいい顔してるけどすげーナマイキなガキ」という認識しかなくてさ。

るーきゅん、という心の中の愛称も、初めはちょっとその、からかいのつもりで付けたんだよね。今は精一杯の愛情を込めて呼んでるつもりなんだけど。

「はふ……」

込み上げて来たあくびを噛み殺す。

もうちょっと、お話ししたいんだよ……。

「ルーク君、耳さわっていい？」

「ダメ」

「つつくだけだから」

「ダメ。そんなことしたらあとではったおすよ」

「けち～」

それでも、ここに置いてくって言わないんだね。

「ありがとね」

私は今度こそ眠気に逆らわず、目を閉じた。

◇◆◇◆◇

冒険者ギルドの何が恐ろしいいって、鞭の後の飴である。

結局るーきゅんにおぶわれたまま（あ、キャンプの時はヴィトちゃんに添い寝してもらったよ！）ルヴェンナの支部へ帰った私は、そのままギルドの系列病院へ入院させられた。

……別に、「アレ」も取り出したことだし、あとは寝てりゃ治るんですけど。最上階の個室とか、間違ってもいらないんですけど。

豪華な病室、有名シェフが作る食事。

毎日ギルド名義で届く立派なお見舞いのお花に、支部長のゴレイヴさんが差し入れてくれるおいしいケーキ、優しくてかわいいリスさんナース、お茶目なおじいちゃん院長先生。

あれ、ここってもしかして天国？　私のためにここまで手配してくれちゃうなんてギルドってすごく親切じゃない？

な～んて、うっかり錯覚しそうになるのである。だっ、だまされないぞ！

たとえ危険手当とか言って二ヶ月分のお給料が振り込まれてたって絶対だまされないぞ何買おう。そろそろワインクーラー買っちゃう？　っていやいやいやいや！

「やっほ～ミズキちゃぁん。倒れたって聞いたけどだいじょぶ～？」

「何も問題ありません、大丈夫です。お引き取りください」

私が倒れたことがどう広まっているのか知らないが、毎日誰かしらお見舞いにくるっていうこの状況もなぁ。お蔭で、あのこと思い出して鬱になる暇もないわ。

今日のお客様はリューさんである。相変わらずチャラいこの口調が気に障る。ほんと、一体どこで聞きつけたんだろう。

「えー、ほら持ち回り用心棒《バイト》ん時にさ、エリスちゃんから」

「あぁ、なるほど」

そうか、入院したからにはお見舞いが必要だろうと思って広めてくれてるんだな……。私、一人でも全然寂しくないんだけど。むしろほっといてほしいんだけど。

リューさんは勝手に冷蔵庫を漁って、中から果物を取り出した。私好みの、ちょっとだけ硬めの桃（のような何か）だ。

ギルド別館職員一同からのお見舞いの品である。食欲がなくてもこれなら食べられるだろうという気遣いだと思われる。

「あ、それ！」

「これおいしーよねぇ。オレ、こっちに来るまでこんな甘くておいしーの食べたことなかったんだぁ。でも結構高いデショー？　あ～ぁ、ひさしぶりにたべたいなー。ギルドの職員さんと違って、命がけでひぃひぃ言いながら遺跡探索して、その割にお財布がいっつもさびしーオレたち冒険者じゃ、なかなか手が届かないんだよね～」

「お言葉ですけど、リューさんたちがビンボーなのは花街通いとギャンブルのせいです！　稼ぎは良いクセに！」

「まぁまぁ、ミズキちゃんの分も剥いてあげるからさー」

なにいってんだコイツ。それは私のものなのに、なんでそんなに恩着せがましいの？

リューさんはするすると器用に桃の皮を剥いて一口大に切り分けると、フォークに刺して私の口元へ近づけた。

「はい、あ～ん」

ぱくっ。

「え」

もぐもぐ。ごくんっ。

ふぅ、やっぱりおいしい。

「えー、そんなアッサリ？」

リューさんが残念そうに口をとがらせた。へっ、魂胆はわかってんだよ。

嫌がる姿を観察したあげくに、それでも言いくるめて無理矢理口を開けさせて、恥ずかしがらせようと思ってたんだろ。残念だったな！

まったく、なんつー見境のないヒトか。私のそんな反応見て、楽しいか？

「すまん、遅れた！」

「おじゃましま～す」

そこへ更に知り合いが二人やってきた。アロさんとエイジ君である。

元魔王と元勇者様が、仲良くお見舞いにやってくるとか……。いろんな意味でファンタジーすぎて、もう。

「ミズキ、大丈夫か？　痛いところはないのか？」

元魔王のアロさんが、心配そうにベッドへ近付いてくる。

いやあの、怖いです。はっきり言って、どんなに微笑んでいても魔人族さんはみんな冷酷そうに見えるんで、怖いんです！　トドメ刺されそう。

彼は未だに、パーティーに所属できたのは私のお蔭だと思いこんでいるので、なにかと親切にしてくれる。たまたまあの日、カウンターに座ってただけなのに。

「ちょっと体調崩しただけなので。実は明日には退院するんですよ？」

「む、そうなのか？　人間は脆いからな。無理をしてはいかんぞ」

「アロ、俺だって人間なんだけど～？」

「オレもオレも～」

「お前たちは規格外だからな」

……仲良くやってるようで何より。

「明日退院って、そしたらすぐにカウンターに戻るの？　今さぁ、あそこ、女の子エリスちゃんしかいないんだよ～。癒しがほしいよぉ」

リューさんが、非常に彼らしく嘆《なげ》いた。

癒しっつったらシバさんに勝てる気しないんだけど、そんなに性別雌であることが大事なのか、このヒトは。

「いいえ、私ちょっと、家出することにしたんです」

「「「家出？」」」

わぁ、ハモったよ。ほんとに仲良しさんだなぁ。マッチング担当者としてこんなに嬉しいことはないね。

「家出っていうか。ちょっと息抜きに、観光してから帰ろうと思って」

本来ならば私は、一刻も早く０区に戻るのが望ましい。

もしくは、この病院のようにギルドの目がそこかしこに行き届いている施設内にいるか。

でも、たまに息が詰まるんだよね。

「ちょっとお忍びで、そのへんの宿屋さんに数日。あ、どうせ監視がつくのはわかってます。要は気分です！」

いざって時に助けてもらわないと私が困るので、ほんとならこっちから頭下げてお願いするべきなのかもしれないんだけど。

でも、ほら。黒い軍服……じゃなかった、ギルド制服に身を包んで、サングラスとインカムつけたおにーさんたちにうろうろされるのって、ちょっと。

せめて、市井《しせい》に紛れてさりげなく見守られたいわけよ。

余計な手間がかかる？　知ったことか！　たまには私だってわがまま言いたいんだよっ！

「ちょうど明日から、このあたりのお祭りだそうですから」

一人寂しく屋台冷やかしてきます、と微笑めば、お見舞いの三人組は複雑な表情で顔を見合わせた。

「一人で祭り見物とは……。まさかミズキ、そなた友人がいないのか？」

「もしかしてハブられたりしてる？　イジメられてるなら相談してくれよ」

「とーぜん、カレシもいないんだよね……。ミズキちゃん今何歳？　二十三？　今まで一人もカレシなし？　うわぁ……」

うるっせーよっ！

違うだろそこじゃねぇだろ、私みたいなちょっと厄介な立場の人間が一人でフラフラする危険性を諭《さと》すとか、あるだろうがっ！

「いや……そうは言うが、ギルドの警備班は優秀だからな……」

「大統領のＳＰやってた人が指揮とってて、虫一匹近寄らせないって噂聞いたけど。護衛対象の半径一ｍに近付いた時点で、レーザーで焼くってマジ？」

「え、そうなんですか？」

そういや私、こっちに来てから虫に刺されたことないような気がする。そんで、たまに微妙なコゲた臭いを嗅いだことがある気がする！

こわあああああ！

「そーそ。それにミズキちゃん攫おうなんてムボーなことしでかしそうなのはあのイカレ国の王子様くらいなもんだって。なんせミズキちゃんにはこわ〜い保護者が付いてるからさぁ。あ、だからコイビトできないんだ？　カワイソー。オレがデートしてあげよっか？」

「いりません」

リューさんはほんと、もげたらいいのに。

「いーんですっ！　たまには一人になりたいんですっ！　最近ず〜っと、朝も昼も夜も誰かと一緒の生活だったから、羽を伸ばすんですっ！」

あーもー、どいつもこいつも！　ほっといてくれよっ！

布団をべしべし叩きながら「一人が苦痛じゃないんだ」と、主張する私の頭を、アロさんがなだめるようによしよしした。ぐぎいぃ、子供扱いムカつく！

　で、結局、心配っていうか変な同情した三バ……三人のご厚意で、お祭り見物には四人で行くことになった。

◇◆◇◆◇

「あぁん、リューさまぁ」

「うちに寄ってってってぇ」

　初めて、本気のリューさんを見た。

　いやー、すごいわ。顔引きしめて、憂《うれ》いを帯びた表情作って黙ってるだけでまるで別人だったわ。どうやら馴染みらしいソッチ系の商売のおねーさんがしなだれかかって来るのを鬱陶しそうに眉ひそめて振り払うだけで、周りから「きゃぁ〜んv」なんて声があがるんだぜ……。

　そっかそっか、私の前でユルいのは、そういう対象じゃないからなんだな。

「……私、いつものリューさんのほうが好きかもしれません」

　だからどうか、私の前ではいつもの、チャラくてユルくてバカっぽいキャラでいてくださいね、とお願いすると、リューさんは澄ました顔のまま「おっけ〜」と口調だけ戻してくれた。

　か、顔と口調のギャップがすごすぎるっ……。

モテるといえばアロさんも負けてはいなかった。うんまぁ、怖いけど美形だからね。

彼は主に魔族のお姉さま方や、竜人族の女性にモテるらしい。

魔族や竜人族の女性はみなさんムチムチで、筋肉も程良くついていて、ついでに身体もおっきいので、アロさんと並んでも迫力負けしないのだ。

ただ、単体でもすごく威圧感のあるヒトたちが固まってると、相乗効果で異空間を作ってしまうので、ちょっと……。

「へぇ～、このコがアロたんの恩人さんなんだぁ？」

胸がぼ～ん、腰がきゅ～、おしりがぷり～ん、で、しかもそれを覆う布は最低限、の女性が（多分淫魔さんだ……。私でさえクラクラする何かを発してるし）、興味深々の様子で私をつつく。

「ってことはあの『暴食』サンでしょ～？　えー、この子が？　みえなぁい。えー、魔力はぁ？　どこに隠してるのぉ？」

ぷにぷに。

ほっぺた、胸、腰、おしり、と容赦なくつつかれ、私はたまらずエイジ君の後ろに隠れた。その途端淫魔さんの興味はそっちに移って、エイジ君に絡み出す。

うむ、やはり淫魔さんのあしらいは簡単でいいわ。あの種族はあまりに享楽的《きょうらくてき》ゆえに、目の前の面白そうなものしか相手にしないのである。

そんでもって、他人の精気や魔力を糧《かて》にするので、エイジ君のような魔法系のチートを持つ人物はちょうど良いイケニエになるのだ。

淫魔さんからちゅーされて、エイジ君は顔を真っ赤にして気絶しかけていた。へんなの、色街には慣れてるくせに。

「あ、ねぇ、あっちの屋台街いきませんか？」

リューさんの服の袖をちょいちょいと引っ張って、小路を指差す。そこには私の興味を引くお店が所狭しと並んでいた。

「んー、イイけど、山車《だし》見ないの？」

このお祭り、数百年前の「落とされモノ」の女の子と、彼女を拾って愛してしまった領主様の悲恋にまつわる物語がベースになっているだけあって、恋愛系のジンクスがついているらしい。

そういえばさっきから、メイン通りに若い女の子増えてきたなーと思ってたけど、そろそろ山車が来るのかな？

でもさぁ、「山車に乗ると幸せな結婚ができる」とか、「山車がふりまく花びらを持ち歩くと真の恋人に出会える」とか。なんで悲恋ベースなのにそういう方向になるの？

その物語の二人が「お前らも不幸になれ」って呪ってる可能性だってあるじゃん。ねぇ？

「私、色気より食い気派なんで！」

それに、早めに行かないと振る舞い酒にありつけなくなっちゃいますよ？　と急《せ》かせば、三馬鹿はそれもそうだと頷いて、いそいそと小路に入ってくれた。

ケバブのようなもの、たこ焼きのようなもの、みたらし団子に飴細工。うむ、ほんとに地球とあんまり変わらんな。

目につくものを片っ端から買って、食べて、振る舞いのビールを浴びるように飲んで。

たっぷりお祭りを堪能して、日付が変わる少し前に、私たちは解散した。

で、宿屋にて。

「くるし……」

私は今、たった一人、ベッドの上で苦しんでいる。

「お腹一杯でしぬ……」

……まぁ、お姫様でも世界を救う巫女様でもない私の日常に潜んでいる危険なんて、所詮こんなものなのである。それでも、たった今こうして本気で苦しんでいるのだから大ピンチには違いないわけで。

「しぬ……。しぬぅ……」

とりあえず水、と、ベッドからはいずりだした私は、そのまま床に転げ落ちた。

うぅ、情けない。もしかして明日は二日酔いだろうか。部屋の掃除は要りません、の表示ってどのボタンおすんだっけ。あぁ、立ち上がれない。

視界に、誰かの靴が映った。

腕をとられて、上半身を起こされる。ベッドに寄り掛からせてもらって、水を渡された。

「あ、ども……」

「情けないですね、小鳥ちゃん」

声を聞いて、酔いは一気に冷めた。

絶対にここにいてはいけないヒトの存在に、ぶるり、と身体が震える。

「なっ……どっ……かっ……？」

なんで？　どこから？　監視の人はっ？

喉がひきつってぱくぱくと口を動かすことしかできない。

一方、相手はいつもの読めない笑みを浮かべたまま、「はて」と首をかしげた。

「最近の言葉の省略っぷりはすごいですねぇ。僕はもう付いていけないかもしれません。ええと、『な』にをしていたの私の王子さま、『ど』うしてもっと早く来てくれなかったの、『か』なしくてつい飲んだくれてしまったわ、ですか？」

「おや、ちがうんですか」

しらじらしく見当違いのことを言われて、私はぶんぶんと首を横に振った。

こくこく。

「ふぅん……」

彼は私の目の前で膝をついて、こちらへにじり寄って来る。うぐ、なんかその、身の危険を感じるんですが！

「お酒臭いです」

文句があるなら、離れたらいいじゃない！　っつーか酔いは冷めたけどまだ苦しいんですけど。あんまり刺激されると大変なことになりそうなんでほんと、頼みますよ。

「小鳥ちゃん、今日は随分楽しそうでしたねぇ」

見てるこっちも楽しくなっちゃいましたよ、と、彼は悪びれることもなくストーキングを暴露《ばくろ》した。

こえええええええええ！

「ひ、暇なんですかっ？」

なんでお仕事掛け持ちで忙しいはずのアンタが私の観察なんかしてたんだよ。いつもは、ちょっと絡んでもすぐどっかに行っちゃうくせに。実は結構分刻みでスケジュール入ってるくせにっ！

真っ青になってガタガタ震える私を楽しそうに見つめる彼。

ひぃ、まるで恋人を見るような目だよこええええええええええ！

「祭りっていうのは格好のチャンスなんですよ。人ごみに、浮足立った空気、よせばいいのに出てくる要警護対象……。小鳥ちゃんも身に覚えがあるでしょう？」

はいっ！　実に反省しておりますです！

「というわけで、こちらで仕事をいくつか、ね。もちろん、小鳥ちゃんに会うのも大事な用事の一つですよ？」

「そそそそれはどうも？」

「お見舞いに行けなくてすみませんね。でもどうせ、元気だったんでしょう？」

「元気でしたけどなんであなたがそのこと知ってるんですか！」

そうだよ、まずそこからなんだよ。

彼が「私が中央大陸にいない」うえに「入院している」ことを知ってるなんて、ふつーに考えておかしいじゃん？　私の知り合いに、彼にそんな情報漏らす人いないよ？

「そこはまぁ、蛇の道は蛇ですよ」

「なにそれこわい」

「間違えました、愛の力です」

「もっとこわい」

うぅ、なんだよ、ほんとに監視っつーか警備っつーか、あのおにーちゃんたちはどうしたんだよ。まさか、まさかとは思うけど……。

「あぁ、彼らに危害なんか加えてませんよ。嫌ですねぇ、見くびってもらっては困ります。僕はこう見えて、プロなんですから」

「お金にならない殺しはしませんか」

「いえ、損するような殺しはしないんです」

境界線が曖昧だな！

「あの忌々しい『鳥籠』の中ではさすがに自由には動けませんがね。小鳥ちゃん、ここは『外』なんですよ？」

僕にとっては自分の庭でかくれんぼするようなものですよ、と楽しそうに笑う不審人物。そっか、ギルドの警戒網も、この人間離れした王子様には意味がないのか……。

でもおかしくない？　「落とされモノ」でもない、チート持ちでもないこの人が、そんな。最高のマニュアルと、最高の装備と、そして最高のシステムを掻い潜るなんて。

彼はすっと笑みを消して、代わりに細～く目を開けた。紅い虹彩《こうさい》がちらりと覗く。

こんな間近でこの人の目を見るの初めてだ。

「あのねぇ小鳥ちゃん。ギルドに服《まつ》ろわないバケモノって、案外いるんですよ。ギルドの中にも、外にもね」

お金や保護と引き換えに、とっても役に立ってくれるんです、と囁きながら、彼はゆっくりと私を腕で囲った。あ、ちょ、ストップ。やめろ、変なことしたらリバースするぞ！　ほんとだぞ！

「僕はバケモノは正直苦手です。だってそうでしょう？　自ら努力した結果ではないのに、たかが有象《うぞう》無象《むぞう》の分際で、ある日唐突にその身に余る力を得るんです。真面目に生きてるこっちは腹が立ちますよ」

ま、真面目？　あ、いや、そうですよね、真面目にお仕事してますもんね……。

「それは、でも。『代償』だから……」

「本来所属する世界を失った？　でもあなた方はこの世界を乗っ取ったではないですか。中央大陸を支配し、金と力で世界を牛耳って。ギルドのやり方は強引でいけすかない。あなたも今回思い知ったでしょう？」

それを言われたらぐぅの音も出ませんが。

冒険者ギルド設立の歴史なんて、どんなに美辞麗句《びじれいく》で飾られたって、結局中央大陸の王族皆殺しにして住人追い出したって話にしか聞こえないもんなぁ。

そりゃ、バケモノって嫌われたって仕方ないかなって思わなくもない。特にあの時代、人材が豊富過ぎたし。不自然なくらい。

今の「七罪」制度の大本である、【流離《りゅうり》せし嫉妬】アルフレド、【神騙《かた》る傲慢】ユリウス、【強欲の腕《かいな》】エリス、【憤怒の雷《いかずち》】ミーチェス、【罪詠《うた》う色欲】ウェイン、【死に至る怠惰】パーカー、そして私の大先輩、【実らずの暴食】ゼル。

まさに化け物レベルの異能が本気出しちゃったんだもんねぇ。現地人にとってはトラウマものの恐怖だっただろうよ。

「あなたはもっとギルドに対して不満を持つべきだ。そうでしょう？　決して愚かではないはずなのに、あなたはいつも『何か』に目隠しをされているように、ただひたすらギルドに従順ですよね。不自然だと、思いませんか？」

「だって私、放り出されたら生きていけない、から」

「僕の手をとればいいんですよ。『鳥籠』の外にいる今がチャンスです。連れて行ってあげますよ。どこへでもね。どこに行きたいですか、ミツキ」

ことり、と手の中からコップが落ちた。

中に入っていた水が絨毯《じゅうたん》に広がる。

撥水《はっすい》加工がされている絨毯の上で、水はころんとかたまった。ころころ、と二～三回転がって、私の服にじんわり染みてくる。

目の前の男の、毒みたいに。

思わぬところで思わぬ相手から正確な発音で名前を呼ばれたせいか、じわじわと、言いようのない不安が込み上げてくる。

おかしいな、なんでだろう。なんで私、「呼ばれたらまずい」って、思ったんだろう。

まさか「誰も私の名前をちゃんと呼んでくれない世界で、あなただけが呼んでくれたの」とかいってときめいちゃうフラグ？　いやいや、やばいよ、相手が悪すぎるよ。

彼は私の耳元に唇を寄せて、嬲《なぶ》るように「ミツキ」と繰り返した。

「ミ～ツキ。ほら、僕練習したんですよ。だって、お嫁さんの名前くらいちゃんと呼べるようになってないと。ねぇ？　それに比べてあなたのお仲間は酷いですよね。五年も一緒にいるのにまともに名前の一つも呼べないんですから。よほどあなたがどうでもいいのか、それとも……」

呼んではいけないのか。

「なに、言って」

「僕たちと違ってあなた方バケモノには翻訳魔法とやらが掛かっています。あなた、前に言ったでしょう。自分の名前は『満月《まんげつ》』のことだって。それなら、彼らがその意味を意識して呼びさえすれば、発音に関係なくあなたの頭には本来の意味で再生されるんじゃないんですか？　ほら、こんな風に。『満月《みつき》』

ぐあん、と頭が揺れた。

「どうですか、ミツキ？　あ、今のは音として発音しました。ではもう一回、心をこめて呼ぶので僕の口の動きを見ていてくださいね。いきますよ。『満月《みつき》』」

ぐああああん。

「うっ」

な、なるほど。単なるミツキ、とはまた違う。口の動きは「ミツキ」ではなかったのに、「満月《みつき》」と聞こえた。明らかに「私」を呼んでいるとわかる。心と頭に響く。だけど。

「でも普通は、人の名前の意味なんて、いちいち意識したりはしない、でしょう？」

「でもあなたはきちんと発音されないのが不満だと、よく漏らしているでしょう」

そんなことまでこいつに伝わっているのか。裏切り者は随分奥まで潜り込んでいるみたいだ。帰ったら、報告しないと。

「そんな不満を聞いたら、気まぐれにでも『呼んでみよう』って気になりませんかね？　この、僕のように」

ね、「満月《みつき》」と三度《みたび》呼ばれて、私はたまらず耳を塞いだ。

これ以上聞いていてはいけない。咄嗟にそう思った。

やめてきかせないでよばないでゆうわくしないでわたしはあのばしょにいたいのあのばしょにいなきゃいけないのだってそとにでたらわたしはいきていけないしもとのせかいにかえるためにはぎるどのちからがひつようだしだからだからわたしはなにがあってもあのひとのそばにいなきゃいけないのいいこにしてなきゃいけないのだってまたすてられちゃうからいいこじゃないわたしはいらないからなんだっていうとおりにしてきらわれないようにしてそうしたらあのひとはわたしのことをだいじにしてくれるってあいしてくれるってやくそくしたのだからわたしめをとじてみみをふさぐことにした

あの、声が。

頭の中でわんわんと響きだす。ぐらぐらと視界が揺れて、また頭痛が始まった。

目の前の男が何やら口を動かしている。

あれ、まだ何か言ってるみたいだけど、なんだろう。

空気に薄い靄《もや》が掛かって、やけに何もかもがゆっくりになった。

わたし、なにしてるんだろう。このひと、だれだっけ……。

「聞きなさい、『満月《みつき》』！」

「ひっ」

強引に腕を耳から引きはがされ、ねじり上げられた。痛みのせいで再び音が戻って、世界が動き出す。

「あなたはギルドのやることに疑問を持たない。不満を表さない。なぜですか？」

「しらない。ぎ、疑問がないわけじゃない。不満だって、こうやって発散させてるし……」

「でも、逃げ出そうとしない。逃げるあてはいくらでもあるのに」

「逃げるほど酷い目に、遭ってない！」

「何をばかなことを。あなたはとても酷いことをされているのに。気付いてないだけですよ」

可哀想ですねぇ、と彼はおかしそうに嗤《わら》った。

そんなことない。

そりゃ、嫌な仕事をさせられたよ。でもそんなのはわかってたことだ。いつももらっているお給料はいわば、先払いの危険手当。何もしないけれど、もらえるものはもらっておくなんて、私にはできない。だから私は、あくまでもイーヴンな立場で仕事をしただけだよ、そうでしょう？

「それについては同意見です。そのことではありません。そんなのは当たり前のことです。むしろ、それを嘆くような甘ったれたれではさすがに僕もさじを投げますよ」

「じゃぁ、なんなんですか！　まどろっこしい、はっきり言ったらどうなんですか！」

「知りたいなら一緒に来なさい、ミツキ」

このやろう！

私はめちゃくちゃに身体をねじって、腕の自由を取り返した。ぎゅっと身を縮めて、睨みつける。

「あなたが何を知っているのかは知りませんが！　私にとって、あそこが『家』なんです！　別館のみんなが大事です。彼らと離れるなんて、嫌だ、できない！」

「おかしなことをいいますねぇ。あなたはもうとっくに、大事なものなんか失ってるじゃないですか。元の世界の家族も友人も、もしかしたら恋人だって、もうあなたは失ってるんですよ？　それなのに今更失うのが怖いだなんて」

「やめてよっ！」

「では、元の世界に残してきたものは、あのバケモノの楽園で得たものより価値がなかったんですか？　そんなことはないはずでしょう？　ね？　……あなたはもう、一番大事なものを失っているんです。だからもう一度失うくらい、なんてことないんですよ」

このやろう、このやろう！

なんて酷いこと言うんだ。そんなの、来たばっかりの頃にさんざん悩んださ！　どうにかこうにか折り合いつけて、自分を誤魔化して、必死で生きてんだよ、こっちは！

こらえていた涙が、とうとう溢れだした。あぁもう最悪だ。苦しいし、悔しいし、悲しいし、つらい。

彼は私の涙を親指ですくいとって、ちろりと舐めた。うげぇ、なんつーことすんだよ、引くわぁ。

「泣かせるつもりはなかったんですけどねぇ」

え、こいつあそこまで人を追い詰めるようなこと言っておいて、そんなつもりなかったんだ、そうなんだ……？　やっぱりドSの国の王子様は違う。

このヒトの国で、このヒトの隣で生きるなんて絶対無理。

「困りました、涙を止める方法なんて一つしか知りませんよ」

「どうせ、いっ、息の根、止めるって、方法でしょ」

正解です、と彼は頷いた。そして、ようやく私から身体を離して、立ち上がった。

「じゃぁ、お詫びと言ってはなんですが先日聞いた面白い話をしてあげましょう」

何が「じゃぁ」だよ。もうどうでもいいから消えてほしい。

せっかくの休暇だったのに。せっかくの「外」だったのに。こいつのせいで全部台無しだよ、面白い話くらいでお詫びになるもんか！

しかもどうせ、つまんない話に決まってるんだ。

「どうしてもお詫びしたいなら、一生私の視界に入らないでください」

「まぁまぁ、そう言わずに」

「今すぐ消えてください」

「短気は損気ですよ」

なにがなんでも、まだ居座るつもりらしい。もうやだこのヒト。何のことはない、どうしても私に聞かせたい話がもう一つあるだけじゃないか。

「……せめて、もう一杯お水ください」

「よろこんで～」

私はベッドに寄り掛かって体育座りをしたまま、無言で水を受け取った。お礼なんて言うもんか。

いやぁしかし、ははは。仮にも王子さまにお水注がせるって、すごいシュールだわぁ。やばいかな、あとで国際問題になったりしないかな。

「もういいんですか？」

「……はい」

彼はベッドサイドのテーブルに水差しを置いて、私から離れた場所にあるカウチへ移動した。うん、そのくらい離れてくれるとちょっと安心する。

「僕の知り合いの魔女がね。まぁ、例によってバケモノなんですが、なかなか憎めない婆さんでして。仕事のついでに少しおしゃべりするような仲なんですよ」

こいつ、「落とされモノ」をバケモノ呼ばわりするくせに、交流関係広いよなぁ。

「彼女は元の世界で随分酷い目に遭っていたそうで。こっちは天国だってしょっちゅう言うんですよ。なんでも、若い頃にどこかの権力者に無理やり従属《じゅうぞく》させられて、色々と意にそぐわないことをさせられたとかされたとか」

詳しい内容は、聞きたくないでしょうねぇ？　という彼の気遣いを、私はありがたく受け取った。聞かされてもどうしようもないし。ただ嫌な気分になるだけだし。

「それがまた、腕利きの魔女でして。一体あんなバケモノをどうしたらって、思うでしょう？　で、聞いてみたんですよ」

「あわよくば自分もって？」

「いえ、単なる好奇心です。小鳥ちゃん、僕をなんだと思ってるんですか」

「鬼畜王子」

「……こほん。それでですね。彼女はあっさり教えてくれました。『名前を奪われた』と」

名前を、ねぇ。

「よく聞く設定ですね。私の世界にもありましたよ、そういうの。私の時代ではほぼ迷信扱いでしたけど。名前って、その人自身を表す呪いみたいなものだって」

「では話がはやい。正確には、名前を媒介にして、魔女を土地に縛り付ける魔法です。見えない牢獄のようだったと言ってましたよ。そこから出ようとすると足がすくんで動かなくなるんだそうです。そして、その場所にいる限り魔法を掛けた相手に服従する」

「へ、へぇ……」

つまりなんだ？　私が「異世界人特別保護区に囚われてる」って言いたいのか？　んで、名前がその鍵だって？

まさかそんな、一体誰が私にそんな面倒なことを……って、あー、一人しか思いつかねぇ。というか思いついた時点で、ちょっと。

私は頭を抱えた。

「解呪して逃げ出したと思っても、気付くと足がその土地へ向かってしまうんだそうです。これはもう一生飼い殺しかと諦めていたところ、こちらに落ちて来たお蔭でやっと逃げだせたと。だから彼女は、元の世界に戻る研究なんてやめさせたいんです」

……なるほど、ギルドに属さない「落とされモノ」さんには、そういう事情を抱えたヒトもいるんだ。

ん～、まぁ、ギルドの最終目標は、はじめに落とされたモノまで余すことなく「戻す」こと、だからなぁ。残りたいっていう自由意思が尊重されるとは限らないわけだし、困ったもんだ。

「それで、私にもその呪いが掛かっているんじゃないかって？」

「似たようなものじゃないんですか？　小鳥ちゃん、あなたの保護者気どりのバケモノのこと、どのくらい知ってます？」

「……私から何を聞き出したいんですか」

「そんなに警戒しないで。別にこれは諜報《ちようほう》活動じゃありません。あなたより僕の方が彼についてよ～く知ってるんですから。そうですね……例えば、彼の年齢は二百を超えていることは知っていますね。では、彼がいつからギルドに所属しているのかは？」

「創立当初からです。別館の館長になったのは確か、十年くらい前？」

「彼の能力は【神騙る傲慢】と呼ばれる予言レベルの千里眼《せんりがん》。ですよね？　では、彼がその能力を使っているところを見たことは？」

「ありません」

だってあのヒト、ギルドの奥の奥、周囲から完全に隔離された部屋じゃないと能力を使わないって話だし。なんか、力が強すぎて周りに支障が出るとかどうとか。

「あなたは、魔法を使うことを彼から禁じられていますね。理由は聞きましたか？」

「魔力が少ないので、使うとすぐへばっちゃうんです」

これは実体験付きだから間違いない。ちょっと使うと眩暈がして、そのまま気絶しちゃうんだよね、情けないことに。

「では最後に質問です。彼が世間に、そしてあなたに開示している情報は、全て真実でしょうか？」

「……わかりません」

そんな、ものすごく根本的なところから揺らさんでも。

「小鳥ちゃん、ギルドも彼も、簡単に信用しちゃ駄目ですよ。ちゃんとその目で見て、耳で聞いて、頭で考えないと」

喧嘩売ってんのか？　つまり私の頭がスッカラカンだと言いたいのか？

「彼に尋ねなさい。【神騙る傲慢】の、本当の意味を」

きっと答えてくれますよ、と言い残し、彼はドアを開けて部屋から出て行った。

おいおい困るよ、こんな夜中に異性を部屋に入れてたとか、バレてユリウスさんから叱られるのは私なんだからさぁ。

……あぁ、面倒な。

私は今度こそ自分の意思で、床に転がった。なんか、できるだけ居心地悪いところにいたくなって。

そのまま丸一日、二日酔いと称して部屋に籠《こも》った。食事もとらずに。

そして、眠った。眠りながら考えた。

結局、あの王子様は何がしたかったんだろう。いやまぁ、私に不信の種を植え付けに来たんだろうけどさ。

私の思考や行動はユリウスさんによって制限されていて、お人形状態なんだって。だからギルドから逃げ出せないんだって、要はそう言いたかったんでしょ、まどろっこしい！

わざわざ人を追い詰めて、精神的に不安定にさせてから情報を与えるとか、やり口がセコいんだよっ！

あ～ぁ、普通の毒と違って、耳から沁み込んで心を侵食する毒はほんと厄介だよなぁ。解毒のしようがないし。特に、これに関しては。だってなんつーか、ほら……。

あり得ないって、言い切れないんだもんよ！

やるよ～、ユリウスさんならやるよ～。必要だと思ったら躊躇《ためら》いなくそのくらいやっちゃうヒトだよ、ありゃぁ。でもなぁ。

もしそうだとして、それなら私は、どうしたらいいんだろう。

更にそれから半日ぼんやり過ごして貴重な休暇を全て消費してしまった私は、お昼過ぎになってしぶしぶと「おうち」へ帰った。

◇◆◇◆◇

私の部屋はギルドの独身寮の一室である。一人暮らし用にしては広めの贅沢な作りで、職務上新人さんが慣れるまで同居する必要があるので、２ＬＤＫの間取りになっている。

うぅむ、見事にがらんどうだよ。微妙に残っているあれやこれやのせいで、まるで夜逃げした後のようだ……。いや、見たことないけど。

ミサさんも、荷造りに来た時はビックリしただろうなぁ。それとも誰か親切なヒトが忠告しといてくれただろうか。

取り込み過ぎた家具をできる限り元の配置に近いところに取り出して、押したり引いたりしながら部屋を再現する。

いやぁほんと、その場のノリだけで馬鹿なことするもんじゃないよね……。まぁ、案外使えたんだけど。特にキッチン回りな！

ついでに模様替えしたり、「鞄」の中身を確認（ほら、あのジャガイモみたいに放り込んだままのものがあったら怖いじゃん？　特に生もの。……生ものはなかったけど、賞味期限切れのゼリーとか出て来たよどうしよう）したりしているうちに、窓の外はすっかり暗くなっていた。

さすがに疲れた。

これから自分のためだけに夕食作るのは、なんかなぁ。気が進まないや。まだ食欲もないし。

でも、落ち込んでる時にお腹空っぽのままだとますます無気力になるんだよなぁ。もう十分落ち込んだし、そろそろ浮上しておきたいな。

よし。リゾットでも作ってもらおう！

私は立ち上がって、チェストの中から鍵を取り出した。

何を隠そう、ユリウスさんちの合い鍵である。引っ越すときに返そうとしたんだけどさ。どうしても持ってけって言うから。

寮から出てふらふらと西域に向かう。ユリウスさんの自宅は旧市街の、しかも０区のギリギリ外れにあるので結構遠い。

歩いていると、あちこちの飲食店から良い香りが漂ってきて、うっかり引き寄せられそうになる。そんな自分をちょっと笑ってしまった。

なんだ、大丈夫じゃないか。ちゃんと食べたいって、思ってるんだ。

どうしようかな、わざわざユリウスさんにたからなくても、その辺のお店にふらっと入っちゃえばおいしいもの食べられるよね。テイクアウトするってのもアリか。

カレー、焼きたてのパン、うなぎ、シチュー、……これはなんだろう、独特のスパイスの香りがする。あ、モンスターさん用のお店か。じゃぁうん。私はいいや。ふつーにおいしいのもあるけど、ゲテモノにしか見えないものもあって、ちょっと……。

あや、こんなところにうどんやさんあったっけ？　っつーかほんとに日本食にはこと欠かないよな！

だから誰か、ワサビぷりぃず！

屋台街を抜けて市場を横切って。懐かしい青い屋根をやっと見つけた。

なんか、記憶とちょっと様子が違うから迷ったかと思った。三年前は私が植えた赤い花が揺れていた花壇に、今は薬草が整然と生えている。うわぁ、ユリウスさんらしい。

さーてと。ここまで勢いで来ちゃったけど、どうしようかな。実家といえども、合い鍵で侵入してしまうのはやっぱりまずいような気がする。先に電話しとけばよかった。どうしよう、戻ろうか。

うだうだ迷っている目の前で、ドアが開いた。

「お帰りなさい、ミツキ」

「た、ただいまです」

びっ……くりしたぁ。いや、出てきたタイミングじゃぁなくて、キレーな発音に。

へー、そっかそっか。ホントは呼べるんだ？

「来る頃だと思っていましたよ。それで？」

ユリウスさんは、私に中へ入るよう促しながら、なんでもないことのように言う。

「王子様の口付けで、魔法は解けてしまいましたか？」

わぁい、直球ストレート。隠す気も誤魔化す気もありませんって開き直っちゃってるよこのヒト。あーもぉ、器用なんだか不器用なんだか。

私は、頭一つ分上にあるユリウスさんと、まっすぐ視線を合わせた。紫の瞳が妖しく揺れる。どんな答えが返ってこようとも、逃がすものかと雄弁に語るその眼。

変なの、人間嫌いのくせにさ。

……もういい。

私がこのヒトを慕う気持ちも。許してしまおうとするこの心も。全部、彼によって作られたものなのだとしても。

「いいえ……。悪い魔法使いの呪いの方が、ずっと強かったみたいです」

だって私、結構幸せだもん。まだこのヒトの檻の中で、気付かないふりして眠ってればいーじゃん。

ユリウスさんは私の答えを聞いて、それはそれは満足げな笑みを浮かべた。

「良い子だ」

そうですよ～。私はあなたの「都合の良い子」。

これからも目を閉じて耳を塞いでいるから。だから。

だからせいぜい、大事にして、かわいがってよ。

「お腹すいたんでリゾット作ってください。チーズとトマトのやつ」

「いいですよ。ご褒美《ほうび》に、なんでも作ってあげます」

「……ペテン師」

「世間知らず」

私たちはにこ～っと微笑み合って、キッチンへ移動した。

ごめんねお節介な王子様。私はあなたの手を取れそうにない。

……少なくとも、今は。

EXTRA 5

「なぁお前、『落とされモノ』なんだって？」

「ふぇ？」

ミサがふりむくと、そこには子供の集団がいた。街中の、市場でのできごとである。

この日のミサは訓練も講義もお休みで、午前中いっぱい豆シバちゃんを無理やりだっこしては嫌われ、撫でくりまわしては嫌われ、寝てるところをつついては泣かれ、と負のループに陥っていた。

だってだってかわいいんだもん、おさえられないんだもん！

しかし、豆シバの頭上で何かの警報アラームのごとく点滅しだした巨大な青い矢印を見て、これはまずいな、と思ったのだ。

このままでは本当に修復不可能になってしまう。少し離れなくては、と。

でもあぁ、あのカフェオレ色の毛並みを見てると、手が！　手がわきわきして！

というわけで、シルヴァリエの妻からおつかいの用事をもらって、市場に出かけることにした。

いってきます、と手を振るミサを見て、豆シバちゃんがすごく嬉しそうにしっぽをぶんぶんと千切れんばかりに振っていたのは、うん。気にしないことにしよう。

市場に来るのはミツキに連れて来てもらって以来初めてである。

あの時は、初めて見る竜人さんや魔族さんやモンスター種族さんを観察するのに夢中で、服屋以外のお店にまでは目がいかなかったのだが、実に惜しいことをしたものだ。

改めて見回せば、地球ではまず絶対見ないだろうな、という品物がそこかしこに積まれている。

蛍光の光沢を放つ野菜（?）、どういう仕組みか点滅している果物らしきもの、一抱えほどもあるどんぐりっぽいもの、種かと思うほど超ミニサイズの……カボチャ？

お肉屋さんのショーケースには、ミサが知っている赤いお肉だけではなくて、クリーム色だったり、オレンジだったり青緑だったり、地球人の感覚では本当にお肉なのか疑わしいようなものまでズラっと並んでいる。

中でもお魚屋さんはちょっと特殊で、客引きのおじさんの目の前にちっちゃな魔方陣が一つ置いてあるきりの、小さな店舗《てんぽ》ばかりだった。

お店の屋根には「産地直送！」という看板と、商品のラインナップの札が下がっていて、お客さんはその中から欲しい魚を注文するのだ。そうするとおじさんが指定の魚を召喚する、という仕組みらしい。

なるほど直送。

カオスだ。さすが、ごたまぜの世界だ。

ほんとにあらゆるニーズにお応えできちゃうんだろうなぁ、とミサは感心していた。

そこに突然、後ろから声を掛けられたのである。

幸いなことに、ミサはその子供たちに見覚えがあった。

「えーと、うん。あたし『落とされモノ』だよ。キミたち、訓練所の子、だよね？」

ミサはなんどか、彼らに接触を試みたことがある。実を言うと子供が大好きなのだ。将来は保母さんになりたいと思っていた。いや、今も思っている。

この世界に幼稚園や保育園があるならば、だが。

そんなわけで、仲良くなりたいなぁと思って声を掛けようとしてはいたのだが、彼らはなぜか、ミサに対して一定の距離を保って観察するばかりで近寄ろうとしなかった。

あげく、その距離を縮めようとミサが動けば、途端に蜘蛛の子を散らすように逃げてしまうのである。

そんな子供たちが、自分から話しかけてくれた！

ミサは頬が緩むのを抑えられなかった。口調が生意気だろうが全く気にならない。先頭に立つ男の子以外、みんな怯えたような目でこちらを見ていてものーぷろぶれむ！

「お、お前、『暴食の魔女』の弟子だってほんとかっ？」

リーダーらしき男の子は、どうやら竜人の子供らしかった。身体が大きくて、耳がとがって、先のほうが緑色。その上には鹿のような角が生えている。うん、ミツキさんに教えてもらった通り。

それにしても「暴食の魔女」とは何だろう、新しい呼び方を聞いた。暴食というからにはミツキのことなのだろうが。それに、弟子というのもなんだか違う気がする。

そりゃぁ、あたしはミツキさんに色々教えてもらってるし、おうちに居候してるし……。あれ、これって住み込みの弟子っぽくない？　暴食の魔女の弟子……。魔女の弟子！

か、カッコイイ！

「うん、あたしはミツキさんの弟子だよ」

響きのカッコよさに、ミサはつい得意になって胸を張った。

「ミツキさんちに住んで、色々教わってるんだ。まだこっちに来たばっかりだから、これから仲良くしてくれるとうれしいな」

「ほ、ほんとなのかよ……」

男の子たちはざざっとあとずさった。

「ぼ、『暴食の魔女』って、オレたち食っちゃう怖い魔女なんだぞ！　お前だってそのうち食われちゃうんだぞ！」

「ほへ？」

「だから！　お前のこと太らせて食べるつもりなんだって！　早く逃げろよ。あ、行く場所ないなら、オレたちの秘密基地にかくまってやるから！　な、みんないいだろ？」

「う、うん、いいよ」

「ボクはリーダーに従います。でも、ヒト一人匿《かくま》うとなると、色々必要なものがでてきますね」

「俺んち弁当屋だからさ。売れ残り、毎日こっそり持ってってやるよ」

「ぼくのもうふ、あげる……」

わいわい。

まるで拾った犬をコッソリ飼う話し合いのようなノリである。

ミサはサッパリ理解できないまま、それでもにっこり笑って「ありがとう」とお礼を言った。少なくともこの子たちはミサの身を案じてこんなことを言っているのだ。それだけはわかったから。

「でもだいじょぶだよ。ミツキさんは優しいよ。あたし、お姉さんができたみたいで嬉しいんだ。そうだ、ミツキさんが帰ってきたらみんなにも紹介するね。そしたら、怖い人じゃないってわかるでしょ？」

ミサの提案に、盛り上がっていた子供たちがピタリと沈黙する。

そこかしこから「あ～ぁ」とガッカリしたような声が漏れた。

リーダーであるらしい竜人の男の子は、可哀想なものを見るような目で溜息をついた。

「……わかった。まずは魔女を倒さなきゃいけないんだな」

「え」

倒すって、なに。ミツキさんを？　あたしより剣がダメダメらしい、ミツキさんを？

「待ってろよ、絶対お前を助けてやるからな！」

「え、え？」

「よ～し、みんな、作戦会議だっ」

子供たちは一斉に「お～！」とときの声を上げて、どこかに走り去って行く。

ミサは、なんだかえらいことになったなぁと思いながら、呆然と彼らを見送ったのであった。

エピローグ

「どこに行ってたんですか、ミツキさんっ！」

我が家のドアを開けるとそこには、仁王立ちで怒っているミサさんがいた。

あ、あれ？　どうしてこの子がここに？　確かシバさんには、荷解き（っていうか家具の再配置）があるからもう一晩預かってくださいとお願いしたはず……。

「心配したんですからねっ！」

てっきりあの子たちにもう退治されちゃったのかと、とミサさんはわけのわからないことを言う。退治ってなんだ？

「とりあえず朝ご飯食べながら、どこに行ってたのかじっくり聞かせてもらいますよっ！」

「え、食べてきちゃいましたよ」

「どこでっ？」

「ユリウスさんち」

「ユリウスさん？　ユリウスさんちにお泊まりして朝帰りですかっ！　おかーさんはそんな子に育てた覚えはありませんよ」

誰がおかーさんか。ってゆーか昨日の夜私が帰ってこなかったのも知ってるってことは、やっぱりここにいたんだろうか、この子。

「言っておきますが、やましいことなんてありませんよ。お夕食ごちそうになって、客間……っていうか、昔使ってた部屋に泊まらせてもらって、ついでに朝ご飯食べて帰ってきただけですからね」

そもそも、実家に帰ってなにが悪いのか。

私の主張に、ミサさんはなんだか複雑な顔で「可哀想なユリウスさん」と呟いた。

えー、王子様が言うには、私の方がずっと可哀想なことされてるみたいなんですけどー？

「ところで、あのテーブルに載っている黒いのは？」

「と、トーストです……」

「茶色くて平らなのは？」

「め、目玉焼き？」

「ミサさん、昨夜は何食べたんですか？」

「あ、昨日はお弁当買って帰って来たから」

「よかった……」

ミサさんって、食べるのは好きだけどお料理したことないみたいだからなぁ。今日から少しずつ教えていかないと。

「とりあえず、トースターの使い方から始めましょうね」

「はぁい」

ミサさんに目玉焼きの作り方を仕込んで、シャワーを浴びて、かる〜くメイクをして。あっという間に朝八時。出勤の時間である。

出勤途中、私はまたもやめんどくさいモノを発見してしまった。

……ジェレミーナＸＸＸ世さんである。

別館入口前に陣取って、やたらキレのある動きで伸びたり縮んだりしている。

いっちに〜いさんしっ、ご〜ろ〜くしっちはちっ、って、じゅ、準備体操っ？

ここで絡まれてはたまらないので、私はコッソリと遠回りして、裏口から入ることにした。うぅ、なんだよ〜。今度は何があったんだよ〜、私のいない間に。

「あ、ミズキさ〜ん。おはようございますぅ」

シバさんが、へにょりと耳を垂らして私を迎えてくれた。あ、見たんだ……。シバさんも見ちゃったんだ、アレ。

「なんか、すっごい気合入ってましたけど。今度はなんのお仕事だったんですか？」

「下水管のお掃除ですぅ」

「ふむ」

この世界では、下水の処理は浄化魔法で行う。

浄化魔法の魔法陣は高価で、公共の建物やお金持ちのおうち、そしてギルド寮では排水溝に設置しているのだが、そうもいかない一般家庭は普通に下水を流している。

これを一カ所に集めてから浄化する仕組みなので、下水管が詰まると一帯の住民の生活に影響が出る。

そのお掃除って、かなりの重要任務だよ？　あのスライムに任せて良かったの？

「7区ＳＳの集合ダクトが、最近流れが悪いらしくて。お掃除の依頼が来てたんです。一本道の部分限定だったし……」

地図もちゃんとみせて説明して、今度こそ大丈夫だって思ったのにぃ、とシバさんは嘆いた。

そうだよなぁ、見る限り問題なさそうだよなぁ。あえて言うなら衛生的ではないけど、それも承知の上で引き受けたんでしょ？　う〜ん……。

◇◆◇◆◇

始業のチャイムと同時に、ジェレミーナXXX世さんが転がり込んできた。文字通りローリングしながらの突撃である。もうやだこのスライム。

それでも仕事は仕事。私は営業スマイルを浮かべていつものご挨拶をした。

「いらっしゃいませ。こちら冒険者ギルド別館、落とされモノ課でございます。本日は、どのような御用件でしょうか？」

クレームだろ？　クレームなんだろ？

私の横でシバさんが早速しっぽを丸めた。あれ、私には聞こえない音声でもう始まっちゃってましたか、そうですか。

「はい。ええ、そうです。はい……」

がんばれ！　がんばれシバさん！　そんな半固形生物に負けるな！　がんばれ！

にゅにゅにゅにゅにゅっ！

「ええっ？　そ、それは……」

ぐりゅりゅ……ぐりゅりゅりゅ……

「お、お気持ちはわかりますが、ギルドではどうしようもないですよぅ。ボクだって、なんとかしてあげたいですけど……」

サッパリわからん！

え、なんだろう。シバさんの様子がいつものクレーム処理と違う。なんか、共感してるような。あぁもう気になるぅ！

みゅみゅみゅ！　みゅみゅっ！

「あ、はい。そうですね。ミズキさん」

「えーとですね、ジェレさんがミズキさんの意見も聞きたいと」

「はいっ？」

「ええええ！」

なんと。このスライムとはもう三年の付き合いになるけど、指名されたの初めてだよ。つーか私の存在、一応認識してたんか。ビックリしたぁ。

「それで、何があったんですか？」

「それが、例の下水道の中で……」

みょろろろろろろろろろろろろろろろろろろろろろろ！

シバさんが説明しようと私に顔を向けたその瞬間、ジェレミーナＸＸＸ世さんが今まで見たこともないほど広がった。赤い膜状にのびてカウンターを覆ったかと思うと、今度は一気に凝縮《ぎょうしゅく》してゆく。

ぎゅぎゅぎゅぎゅぎゅぎゅぎゅぎゅ！

異常事態だと、すぐにわかった。思わずカウンター下のボタンに手が伸びる。

しかしシバさんの叫び声で、私の指は目標を逸れて空振りしたのであった。

「う、生まれるんですかあああああっ？」

……ナニが？

「じぇ、ジェレミーナさん、苦しいんですか？　しっかり！」

シバさんがカウンターから飛び出して、ジェレミーナＸＸＸ世さんの手……みたいに伸ばしている突起部分をぎゅっと握る。

「が、がんばって！　はい、ひっ、ひっ、ふー！」

いやいやいやいやいやいや！

シバさんがどうしてラマーズ法を知っているのかはこの際置いといて。ってゆーか、私が教えた気がする。お子さんが生まれる時に。

じょ、冗談のつもりだったんだけどな～。だってこっちじゃ、無痛分娩のほうが一般的らしいし……。

問題は、それがジェレミーナＸＸＸ世さんに必要かどうか、なんだけどな！

そもそもスライムは分裂で増えるイキモノである。

だよね？　私の認識間違ってないよね？

動揺のあまり、思わずマニュアルの種族特性ページを開いて確認してしまった。よし、あってた。つまりはアメーバ的な、そういう増え方するってことで大丈夫。間違いない。それなのに。

……生まれるって、ナニ。

「シバさん、落ち着いて！　ジェレミーナさんは分裂するんですよ？　出産とはちょっと違う対処が必要なんじゃないんですか？」

といっても、何をしたらいいのか全くわからん。

こんなことなら理科で単細胞生物の分裂について習った時に、もっと詳しく質問しとくんだったなぁ。たとえば、分裂する時って痛いんですか、とか。

身体を二つに引き裂くわけだからなんとなく痛そうな気はするけど……。

うぅ、どうしたらいいんだろう。医療班呼ぶっつったって、スライムの分裂の補助なんてやったことあるんだろうか。は、そうだ、経験者に聞けばいいじゃん！

「シバさん、ジェレミーナさんに、ご自身が分裂した時のことを聞いてみてください。私たちにしてほしいことがあるのか、ほっといてほしいのか」

できればほっときたい！

「そ、そうか！　ジェレミーナさん、あの、ボクたちどうしたらいいですかっ？」

　ぐにゃにゃにゃっ、びろろろろろろ、ぐちゃぁ
　ジェレミーナＸＸＸ世さんはいつにもましてグロい音を立てながら、伸びたり縮んだりを繰り返している。いつもは真っ赤なその身体がだんだん半透明になってきた。

　えーと、あれって貧血とか、そういう感じの症状なんだろーか。

「わかりましたっ！　ミズキさんっ！」

　シバさんがやたらときりりとした表情で私に指示を出す。

「こっちに来て、両手を出してください。あ、腕はまくった方がいいです」

　わー、嫌な予感がする。

「これからジェレミーナＸＸＸⅠ世さんの核《かく》が出てくるそうです。柔らかいので、床に落とさないように受け止めてあげてください」

　ボクの手だと、ちょっとやりにくいので、とシバさんは肉球をアピールした。こ、こんな時じゃなければ思うさまその肉球をふにふにしてやるのにっ！

「えー、いやー、あんまり自信ないです。やっぱりプロを呼んだ方がいいんじゃないですかね？」

「ジェレミーナさんはお医者さん嫌いで有名なんですぅ。だから、なんとなく分裂期かなって思ってたのに今まで受診しなかったそうです」

「そんな、面倒がって妊婦健診受けに行かないヒトみたいな……」

「核さえ無事に受け止めてくれればいいって言ってます。早く早く、ほら、出てきちゃいますよぅ」

な、なんてことだ。

半透明通り越して薄いピンクがかった透明になったその身体の中に、玉虫色に光る核らしきものが二つ。バレーボールサイズとテニスボールサイズ。

なるほど、あのちっこいのがこれから出てくるのか……。

う～、実は私、スライム状の物って昔からどうも苦手で、触ると鳥肌立っちゃうんだよなぁ。だいじょうぶかなぁ、取り落としたりしないかなぁ。

小さいほうの核がだんだんと外側に移動を始めた。もう猶予《ゆうよ》はなさそうだ。

仕方ない。

私は腕まくりをした。

「ひっ、ひっ、ふぅ～っ！」

にゅっ、にゅっ、にゅにゅ～っ！

「ひっ、ひっ、ふぅ～っ！」

ぐにゅっ、ぐにゅっ、ぐにゃ～っ！

シバさんとジェレミーナＸＸ世さんは、しつこくあの呼吸法を繰り返している。

絶対意味ないからそろそろやめてほしいんだけどな。ぐにぐに伸びるたびに顔やら手やらにスライムの身体が当たって、そのたびに鳥肌立っちゃうから。逃げ出したくなるから！

いやしかしまてよ、ラマーズ法自体が自己暗示っていうか、無茶な呼吸方法で気を逸らすためのものだって聞くし、役には立つ、のか？

「ひっ、ひっ、ふぅ～～～っ！」

どちゃぁ、べちゃぁ、りゅりゅりゅりゅりゅる～っ！

一際気合の入った伸縮で、とうとう核がでろっと落ちてきた。

「うひいいいいいいいいいっ」

か、核自体はこう、ぷるんとした、おっきなタピオカっぽい手触りなんだけど。ぬるっとした付属物が！　多分、身体部分なんだろうけど、とぅるっとした液体が！

「あああああああああ」

恐怖と嫌悪感で放り投げそうになるのを必死にこらえて、私はソレ……って言っちゃ失礼だな。ジェレミーナＸＸＩ世さんを受け止めきった。こ、こぼれるこぼれる！

「どどどどど、どうしましょう、バケツ！　バケツ！」

「だ、ダメですってばミズキさん！　落ち着いて、ちょっとしたら固まりますから」

「固まるまでこの状態っ？」

◇◆◇◆◇

シバさんの言う通り、ジェレミーナＸＸＩ世さんは一時間ほどで、ほぼ液体の状態から寒天くらいに固まった。私の指のあと付いちゃってるんだけど、いいんだろうか。あ、そのうち取れるんですか、そっか。

いっちょ前に赤くなって、そして……。

「ぷにゃぁ、ぷにゃぁ……」

「……鳴いて、る？」

「わぁ、泣いてますね、ミズキさん！」

なんとなくだけど。なんか、声っぽいものが聞こえる。そっか、これ産声《うぶごえ》なんだ？

「ジェレさんジュニアちゃんはきっと、発声器官の応用を学習したんですねぇ」

「そ、そうなんだ……」

ジェレミーナＸＸ世さんは、疲れ果てたのか床一杯にのび広がっている。身体の色はまだ戻らない。今までのクレームは、私には聞こえていなかったから我慢できたけど。

私は、固まってなおこの手に収まっているジェレミーナＸＸＩ世さんを見下ろして、溜息をついた。

……親子二代でクレーマーになってしまったら、どうしたらいいんだろう。

INTERBAL

「その後G3の様子は？」

「余計な知恵をつけようとした者がいましたが、問題ありません。自ら檻の中に残ることを選択したようですよ」

「本当に、君の能力は恐ろしい！　慕う心まで植え付けてしまうとは。からくりを知っている私から言わせてもらえば、詐欺そのものだ」

「勘違いされては困ります。あの子は私が力を使うまでもなく、私に依存していましたよ。それこそ雛鳥のように」

「どうかな。そう思いたいだけでは？」

「なんとでも」

「『定期点検』も、無事終わったようだね」

「……えぇ」

「結構。これからも手入れは怠らないでくれよ。アレは今のところ唯一の、我らが切り札なのだから」

「唯一、ですか？　昔のあなたなら何と言ったでしょうね？　一つしか可能性を見出せないとは」

「ふふ、まぁそう詰《なじ》ってくれるな、友よ。なに、君が案ずるようなことは起きないさ。全ては順調。『彼女』の予言通り進んでいる！」

「進んでいる？　進めている、の、間違いでしょう」

「進めようとしてその通り進んでいるのだから、やはり正しいのさ。なぁ、お祝いしよう、今日一人

『死んだ』。やっとだ、やっと我々はたどり着いたんだ」

「……『対象者』でしたか？」

「もちろん！　それもこれも全て『彼女』のお蔭だよ。『彼女』に乾杯！　さぁ、乾杯だ。杯を持てよ。我らに道を示してくれた『彼女』に幸あれかし！　冒険者諸君にも、より一層の頑張りを期待したいところだね」

「たかが一人、炙《あぶ》り出したところで今更どうなるというのですか。I1、あなたは変わってしまった。いや、狂ってしまったと言うべきか」

「私に番号なんて必要ないよ、S。我々には番号なんていらないんだ、そうだろう？」

「いいえ、私もあなたもいずれは死ぬ。そうすればまた、新たな誰かが罪の名を引き継ぐんです」

「そんなに長くここにいるつもりはないさ。私はなんとしても、帰るのだから。なぁ、今日はやけに突っかかるじゃないか。一体どうしたんだ？」

「少し疲れたんですよ。私たちは少し長く生きすぎた。あなたに至っては本来の寿命を引き延ばしてまで。……もう、どちらが自分の世界なのか、私にはわからなくなってしまいました」

「馬鹿なことを。もちろん、元いた世界こそ正しい居場所に決まっている！　こんな、歪んだごたまぜの、醜い世界ではなく」

「あの頃とは、随分様変わりしていますよ。外に出ればわかるでしょう。あなたの世界の物もヒトも、溢れているのに」

「今更こんな姿で出られるものか！　それに、足りない。足りないんだ。『彼女』だって、帰りたいと言っていた。だから私は……」

「あなたはいつまで、失った者の面影に囚われているのか……」

訪問者は溜息を一つつくと、部屋の扉に手を掛けた。

「約束は約束です。これからも私はあなたと共に。けれども、あまり目に余るようでしたらいつでも袂《たもと》を分かつ覚悟があります」

「わかっているさ。しかし、忘れるな」

部屋の主はしわがれた声で忌々しげに吐き捨てた。

「ここは神々の夢の中。我々はただ、賑やかしのためにこの世界に『落とされ』た、哀れな生贄……。それを忘れるな」

冒険者ギルド受付用簡易ガイド

目次

冒険者ギルド受付係限定会員制メルマガ
週刊「笑顔の裏で」入会特典冊子
０２０３年発行

1．はじめに

このたびは月刊「笑顔の裏で」無料版会員登録のお申込み、まことにありがとうございます。

当メルマガは００８７年（＊１）、当時の受付課最高責任者であったポーリオ・Ｌ・イデルの提案によって開設され、以降一度も廃れることなく続いている由緒正しいメルマガです。

ちょうどこの年、受付課から独立する形で金融課が設けられたこともあり、初期の記事に遡《さかのぼ》ってみますと「最近の金融課の増長《ぞうちょう》ぶりが目に余る」「金融課に異動した元同僚に『逃げ遅れ』と馬鹿にされた」「恋人が金融課に移ってから態度が冷たくなった気がする」などなど、金融課への恨みつらみで埋め尽くされています。００９９年の「兎戦争（＊２）」を最後に、両課は表面的に和解してはおりますが、またいつ関係が悪化するとも限りません。このメルマガで各種情報を共有し、普段から受付課内部の絆を強く保つことこそ最重要事項であると考えます。

要注意人物の情報、なんとなく顔見知りに言いにくい愚痴からちょっとほっこりするエピソード、お勧めのランチスポットまで、なんでもご投稿ください。

記事を採用された方には全ギルドで使えるクリーニングチケット二百クレジット分をプレゼント！

＊１：俗に「解放王アルフレドの乱」と言われる解放戦争開始年を0年とし、それ以前を「ＢＡ(BeforeAlfred)」と表記しますが、以後の「ＡＡ（AfterAlfred)」は省略します。

＊２：東大陸支部で起こった受付課と金融課の抗争。一夜にして建物が崩壊する事態に。

２．冒険者ギルドの成り立ち

ＢＡ？？「力ある種族」が、当時未開の地であった東大陸ミミカに集まり始める。

ＢＡ１５　解放王アルフレドが地球より中央大陸へ落下。奴隷商人に捕獲されのちに商家へ売却。

ＢＡ１３　アルフレド、「落ち物」に何らかの特殊能力があることに気付く。同族の仲間を集めつつ東大陸へ亡命。人族より「解放王」と呼ばれるように。

ＢＡ１２　人族からなる組織「プロペティア」結成。

ＢＡ０９　アルフレドの呼びかけにより、「払暁《ふつぎょう》」「竜族連合」「晦冥《かいめい》の復讐者」との合同会議開催。以後、「落ち物」は種族に拘らず救出するという条約が結ばれる。翌年、小規模団体を多数加え「解放連盟」発足《ほっそく》。各地王族たちとの交渉開始。

ＢＡ０５　中央大陸にて、大規模な「落ち物」粛清《しゅくせい》運動がおこる。これに対し「晦冥の復讐者」が独断で報復行動開始。同時に連盟からの脱退を通告。

ＢＡ０２　中央大陸のみならず外周大陸へ粛清と報復が広がり、激化。
「晦冥の復讐者」の賛同者が増加。少規模団体の脱退が相次ぐ。
００００　連盟残存勢力がアルフレドを代表と定め、「解放戦争開始」を宣言。
０００５　中央大陸制圧完了。
０００７　連盟を母体に「冒険者ギルド」設立。「晦冥の復讐者」の一部は所属を拒否。
００３２　「落ち物」という呼び名を「落とされモノ」に改定する。

3．冒険者ギルドの構造と各課の役割

大まかな方針は定例の冒険者ギルド運営会議及び九老院（＊1）の意向によって決定されますが、基本的に本部、八支部がそれぞれ独自の運営をしています。

冒険者ギルド開設当初から存在するのは我々受付課を含む四課のみです。

調整課　外交を担当。要請があれば国家レベル～個人のトラブル対処もする。

受付課　古き良き正しき冒険者ギルドの顔。依頼の受注、発注、冒険者さんの相談にのることも。

開発課　無機物の「落とされモノ」や遺跡内からの拾得物を研究。新しい機器や武器類を開発。

警備課　冒険者ギルド建物内外の警備。中央大陸においては警察的役割も果たしている。

冒険者ギルドの経営が軌道に乗り、規模が拡大するにつれ、前述の四課だけでは支障が出始めたため、負担を分散し、業務をより専門化するために次の五課が独立（＊2）しました。

課報課　調整課と警備課より独立。調整課の補助が主な業務。

金融課　受付課より独立。銀行。

警護課　警備課より独立。要人の警護に特化。勇者枠の冒険者が臨時で加わることも。

資料課　開発課より独立。遺跡や「落とされモノ」のデータ類の分析、分類を担当。

商業課　開発課より独立。冒険者ギルド印の武器防具、家具、魔法などの販売を行っている。

更に近年、本館内に次の二課が新設（＊3）されました。

生活課　中央大陸、東大陸、南西大陸の管理、運営を行う。

福祉課　主に冒険者ギルド職員の福利厚生を担当。

ワンポイントアドバイスとして、警備課、生活課、福祉課の職員とは良好な関係を築くよう努力することを強くお勧めします。

＊1：九老院は元連盟幹部とその後継者によって構成される冒険者ギルド運営の監査役です。本館及び別館は九老院直属組織なので、各支部と組織構造、扱いが違うことも多々あります。例えば別館の受付課は「落とされモノ課」という固有の名称を持っています。

＊2：基本的に、「〜〜より独立」の課は元の課との仲があまり良くありません。

＊3：これらの業務はもともと本館受付課が行っていたものなので、厳密には「独立」です。

4．初心者さん向け対応チャート

初めて顔を合わせる相手や、何度会っても「ちょっと理解力がアレだなぁ」と思う冒険者さんには、その都度「この場所では何ができるのか」を懇切《こんせつ》丁寧に説明してあげると良いでしょう。多少くどいと思われても構いません。

例「いらっしゃいませ。こちら冒険者ギルド受付でございます。こちらでは就職相談、住居探し、お見合い、戦闘訓練、パーティーのマッチング等々、できる限りのお手伝いをさせていただいております。本日は、どのような御用件でしょうか？」

こうして選択肢を具体的に提示してあげることで、相手も頭の整理ができます。では、ジャンルごとの対応を見ていきましょう。

①就職相談

Q．冒険者をやめたい？

YES→生活課のページにアクセスし、求職一覧を開く。希望職種から絞る。

NO　→⑤へ

②住居探し

Q．中央大陸への居住を希望？

YES→登録者リストを開き、名前が青～緑表記、又は勇者枠であれば許可証発行。生活課へ誘導。

黄～赤の人物には、空きがないなどの当たり障りのない理由で東大陸などを薦める。
NO　→東大陸、南西大陸を希望している場合は生活課へ。それ以外の場合は土地の慣習に従う。
③お見合い
Q．自分で検索できる？
YES→検索用端末の貸し出し手続きをする。

NO　→希望条件を聞き、代理でプロフィール登録。問い合わせが来次第連絡する旨伝える。

一カ月以上反応がない場合、条件に合いそうな相手をリスト化して本人に見せること。
④戦闘訓練
Q．戦闘経験がある？
YES→商業課の「戦闘シミュレーター一覧」へアクセス。希望に沿うプログラムを提案。

対戦相手を指名しての試合希望者の場合、上司へ。

NO　→警備課のページから「訓練所予約」を選択。予約を入れる。
⑤パーティーマッチング
Q．入り口にあるパーティー募集掲示板を既に利用している？
YES→掲示板に募集用紙を貼って二十日以上経っている場合に限り、対応。

登録者リストにて進展状況を把握しつつ相談に乗るが、基本的に自助《じじょ》努力を促す。

場合によってはカウンセラーを紹介する。

ＮＯ　↓募集用紙について説明する。

⑥苦情

Ｑ．冒険者ギルドに責任があると思われる？

ＹＥＳ↓詳しい経緯を聞き取り、報告書を提出。誠心誠意謝罪する。
　　調査結果が出次第、速やかに補償すると説明。調整課へ連絡。

ＮＯ　↓クレームとして対処。できる限り低姿勢で話を聞き、怒りを納め、帰ってもらう。
　　行き過ぎたクレーマーと判断した場合、詳細を添えて上司へ報告すること。

冒険者さんたちの相談は大抵の場合、この六つのどれかに当てはまります。どうしても判断に困る内容であれば、同僚や上司に相談しましょう。おそらく生活課か警備課案件です。

そして、明らかに危害を加えられると判断した場合はためらわずに非常ボタンを押しましょう。

5．おわりに

我々受付はギルドの顔です。

誰からなんと軽んじられようとも、内部を知らないこの世界の大多数の人々にとっては我々こそがギルドそのものなのです！

だからこそ、ストレスをため込まずに、明るく楽しく笑顔でお仕事をしましょう。メルマガ「笑顔の裏で」は、そのためのお手伝いをします。

有料版に興味を持たれた方は、投稿フォームから「有料版試し読みについて」のタイトルでお気軽にお問い合わせください。月額四百クレジットで、人気作家ジリーウェ・マ先生の連載小説や受付ファッション人気投票、今話題の冒険者さんを招いた対談他、よりボリュームアップした「笑顔の裏で」をお楽しみいただけます。

合計で八百クレジットお得になる年間購読契約もお勧めです。

あとがき

本というのは、一枚の大きな紙に八枚分を印刷して、そのあと折りたたんで裁断して製本するのだそうです。

恥ずかしながらこの年まで、そういう基本的なことを全く知らずに生きてきました。では何故今更知ったのかと言えば、それはもちろんこのあとがきをそのページ調整のために書いているからです。

出版者様がかなりの自由を許してくださるのを良いことに、気にせず好きに書きちらしてしまったことをちょっとだけ反省してます。またやると思うけれど。

二ページ分埋めなくてはいけません。さぁ困った。

いざ書くとなるとあとがきって本当に難しくて。自分の近況報告はブログのほうがふさわしい気がするし、難しい主義主張を書くようなタイプでもないし。私信で埋めるというのもちょっと……。

じゃぁ万人受けする究極のあとがきってなんだろう、と色々調べてみたわけです。手持ちの本を片っ端から（専門書に至るまで！）引きずり出して、それでもわからなくてネットで検索したりして。

でも、結局わからなかったので好きなように書きます。私は本でも映画でも「その裏側」をちらっと覗くのが好きなので、今回は「落とされモノ」の元ネタについて。

それはズバリ、「ぷよぷよ」です。もっというと「おじゃまぷよ」です。

ただでさえ積み上がりきって、いやああ負ける、もうダメ！　と思っている時に降ってくるあの透明なアレ。あれもう、すっごく腹が立ちますよね！

というわけで十年ほど前、「おじゃまぷよ」に対する憎しみを下敷きに書いたのは、『落ち物』を処分する閑職」に回された女の子のお話でした。聞くからに地味ですよね！　はい、地味すぎてグダグダになったのでお蔵入りしてました。それを三年前、立場を変えてリメイクしました。今までのネタ帳の処分のつもりで。眠っていた他の作品に出るはずだったキャラを呼び起こしたりして。

たとえば満月の前身は、何でも入る魔法の鞄を背負って運び屋として色々な事件にかかわっていくオムニバス形式のファンタジーのヒロインでしたし、ユリウスさんに至っては別な作品の悪役（というか、名前だけでてくる伝説の何か）でした。

るーきゅんは某ゲームのキャラメイクで趣味で作った観賞用アバターで、リオウさんは『ショートストーリーズ』（林檎プロモーション発行）用のお話を考えている時に友人が「こういう微妙な感じのヒーローはどう？」と提案してくれたキャラに肉付けしたものです。（発案者からは微妙さがいい感じだと大変ご好評いただいております）

そんな寄せ集めの勢い任せに書いてしまった作品なので、今回の書籍化にあたっては設定を見直し、整頓し、追加する作業に随分時間をかけました。やはりライトノベルとして書くからには適度な「中二っぽさ」って必須だと思うので。私にしては精一杯やれるだけやったんじゃないかな、と。必殺技の名前とかルビとか。

そうそう、よく人気作品にでてくる「なんとか占い」みたいなのもいつかできるように、能力も系統付けておきました！　二巻巻末には是非ともものせたいな〜、な〜……。と思う今日この頃です。

こちら冒険者ギルド別館、
落とされモノ課でございます。

著者　猫田蘭
イラスト　けい@

発　行　2016年8月5日
発行者　川上宏
発行所　株式会社　林檎プロモーション
〒408-0036
山梨県北杜市長坂町中丸4466
TEL　0551-32-2663
FAX　0551-32-6808
MAIL　ringo@ringo.ne.jp

製本・印刷　シナノ印刷株式会社

Printed in Japan
ISBN978-4-906878-49-9　C0093
www.ringo.ne.jp/